CUENTOS DE HADAS
FUTURISTAS

STONE ARCH BOOKS
a capstone imprint

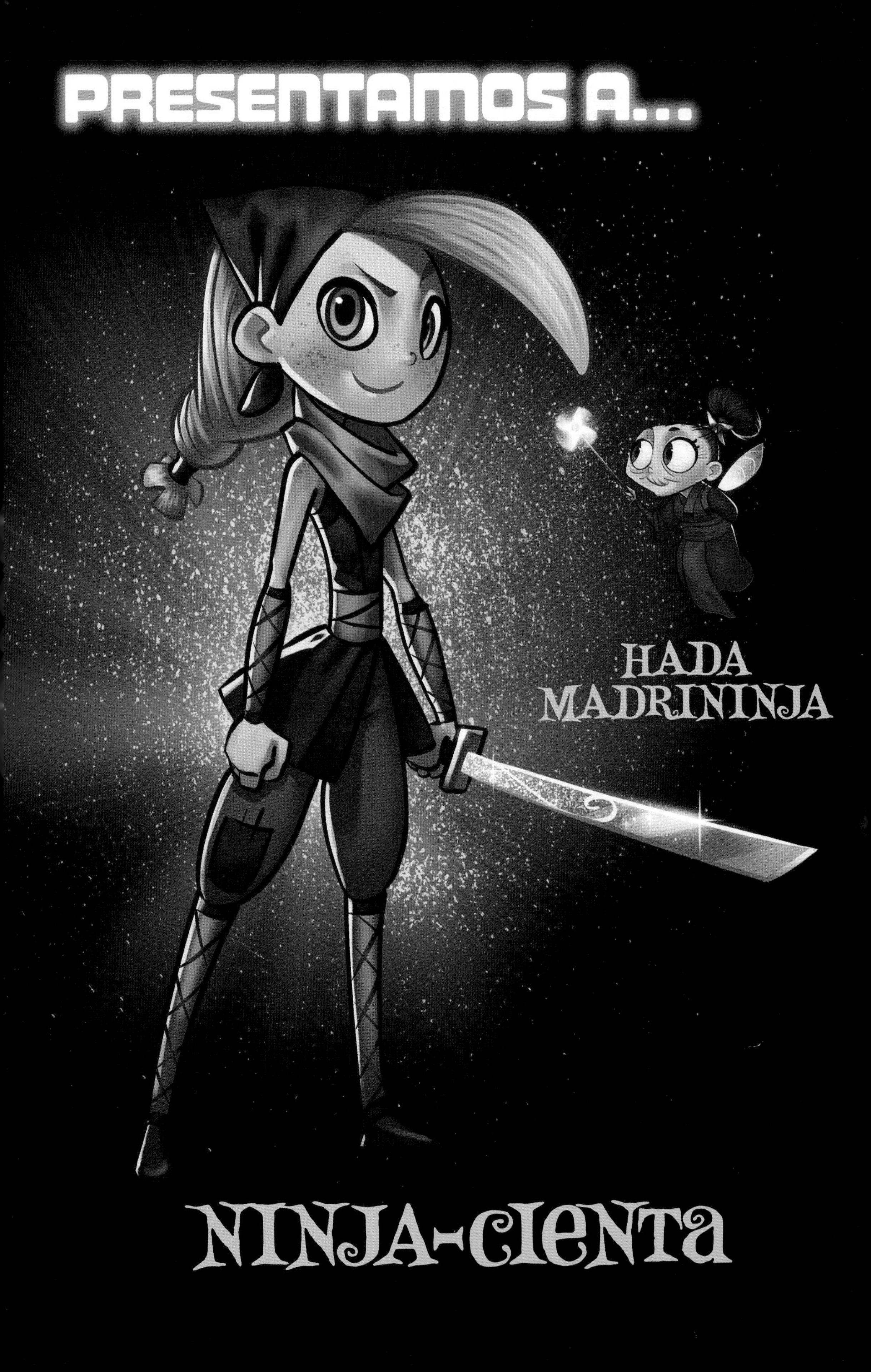
PRESENTAMOS A...
HADA MADRININJA
NINJA-CIENTA

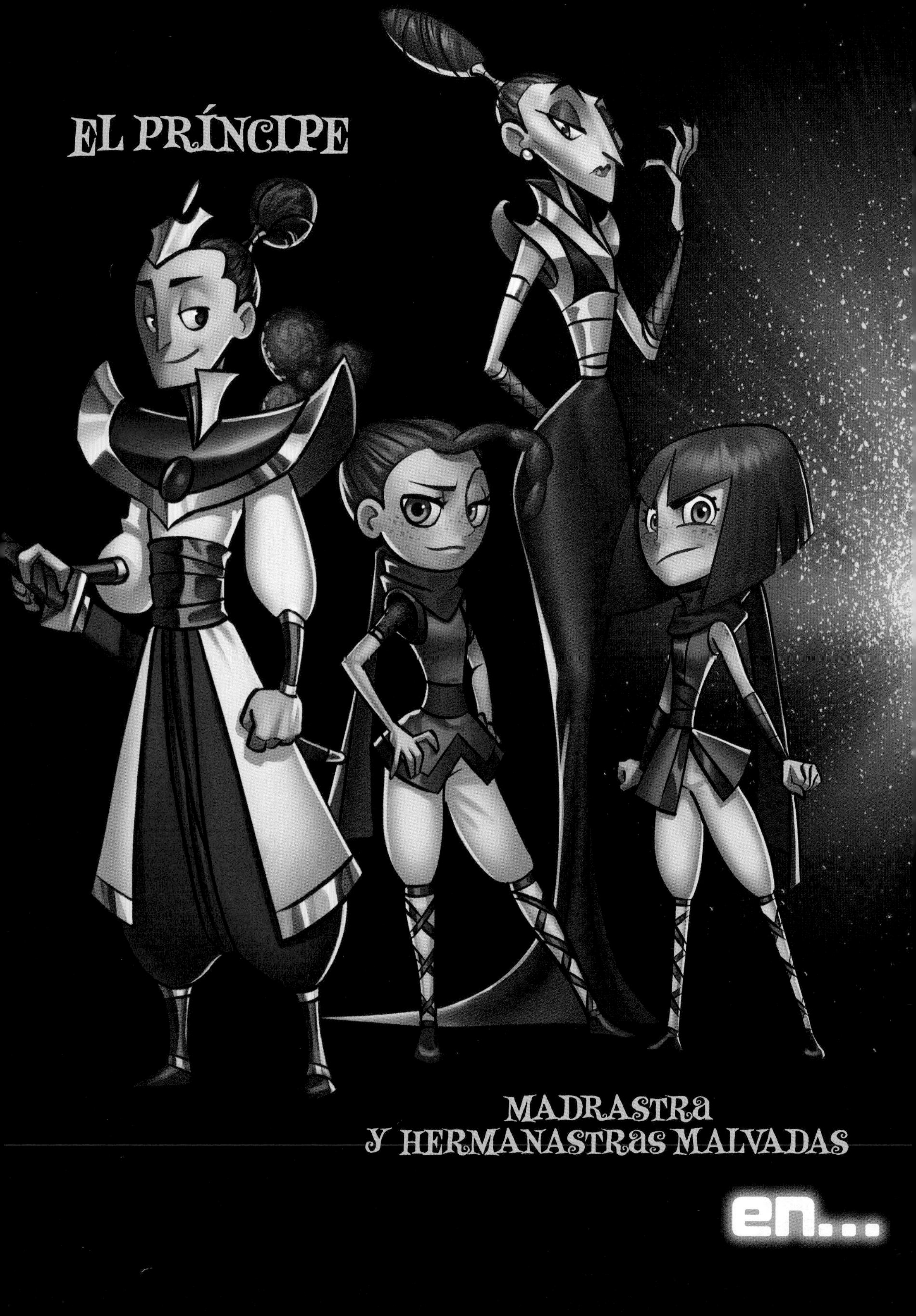
EL PRÍNCIPE
MADRASTRA
Y HERMANASTRAS MALVADAS
en...

Cuentos de hadas futuristas
Publicado por Stone Arch Books
una marca de Capstone,
1710 Roe Crest Drive, North Mankato, Minnesota 56003
www.capstonepub.com

Los datos de CIP (Catalogación previa a la publicación, CIP) de la Biblioteca del Congreso se encuentran disponibles en el sitio web de la Biblioteca.
ISBN: 978-1-4965-9812-7 (hardcover)
ISBN: 978-1-4965-9816-5 (ebook pdf)

Resumen: La madrastra y las dos hermanastras maltratan a Cenicienta. Pero en las noches, escondida entre las sombras, ¡Cenicienta se entrena para convertirse en ninja! Su sueño es ser la guardaespaldas personal del príncipe. Pero ¿cómo va a conocerlo si su madrastra no la deja salir de casa?

Tipografía: Jaymes Reed
Diseñador: Bob Lentz
Editor: Sean Tulien
Jefe de edición: Donald Lemke
Directora creativa: Heather Kindseth
Director editorial: Michael Dahl
Editora: Ashley C. Andersen Zantop
Translated into the Spanish language by Aparicio Publishing

Printed and bound in the USA.
PA117

CUENTOS DE HADAS **FUTURISTAS**

Ninja-cienta

UNA NOVELA GRÁFICA

POR JOEY COMEAU

ILUSTRADO POR OMAR LOZANO

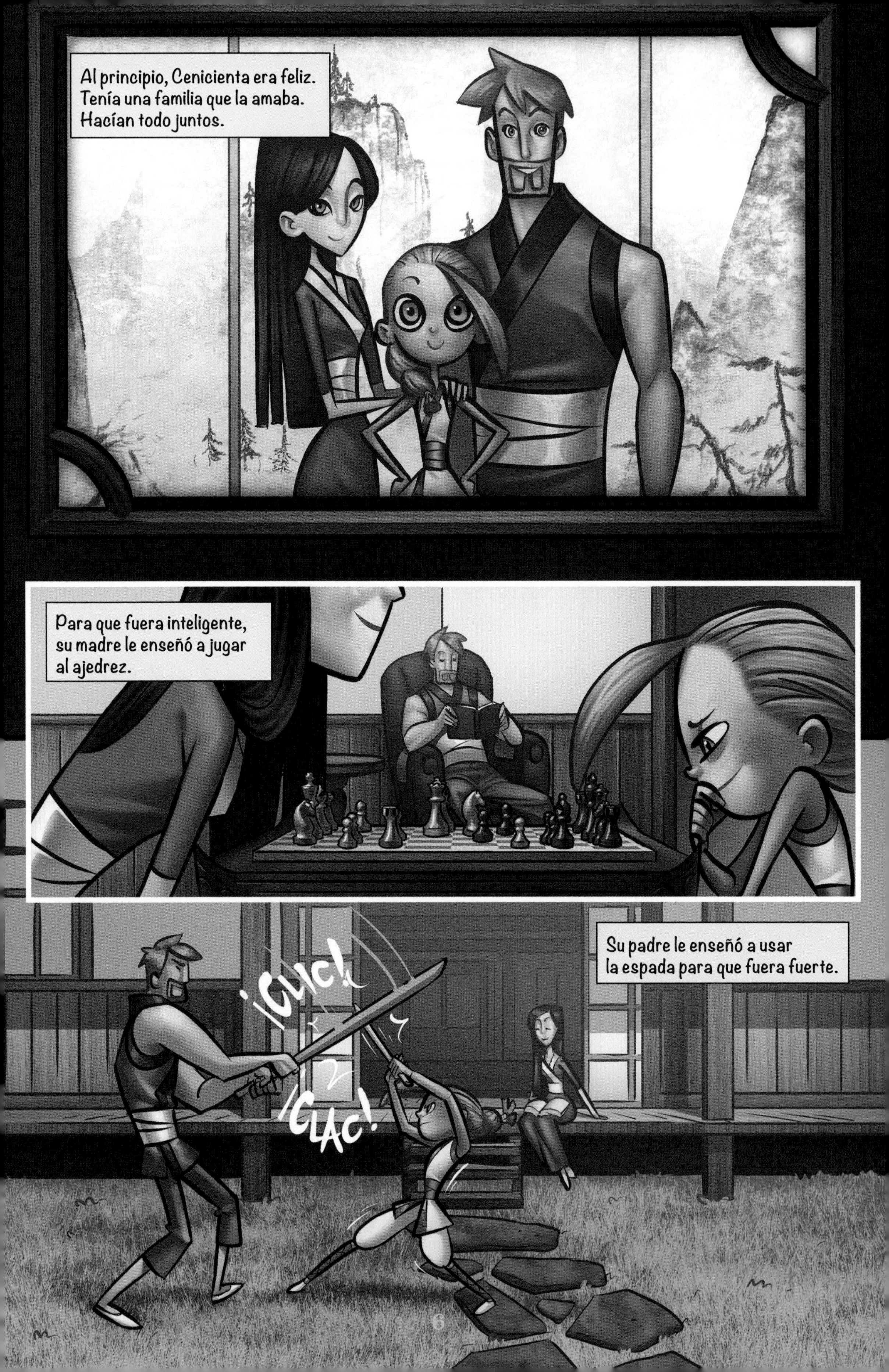
Al principio, Cenicienta era feliz. Tenía una familia que la amaba. Hacían todo juntos.
Para que fuera inteligente, su madre le enseñó a jugar al ajedrez.
Su padre le enseñó a usar la espada para que fuera fuerte.
¡CLIC!
¡CLAC!

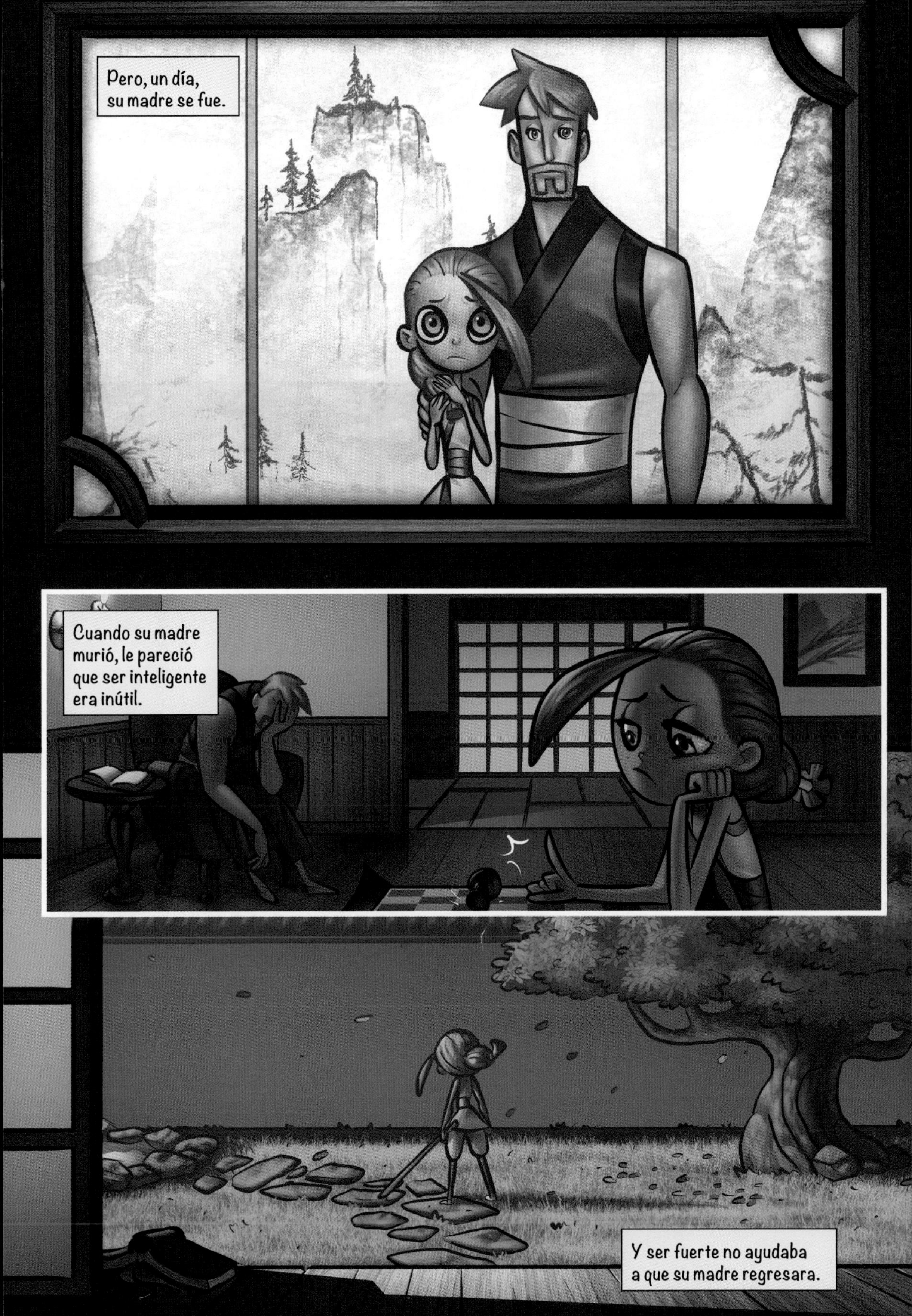
Pero, un día, su madre se fue.
Cuando su madre murió, le pareció que ser inteligente era inútil.
Y ser fuerte no ayudaba a que su madre regresara.

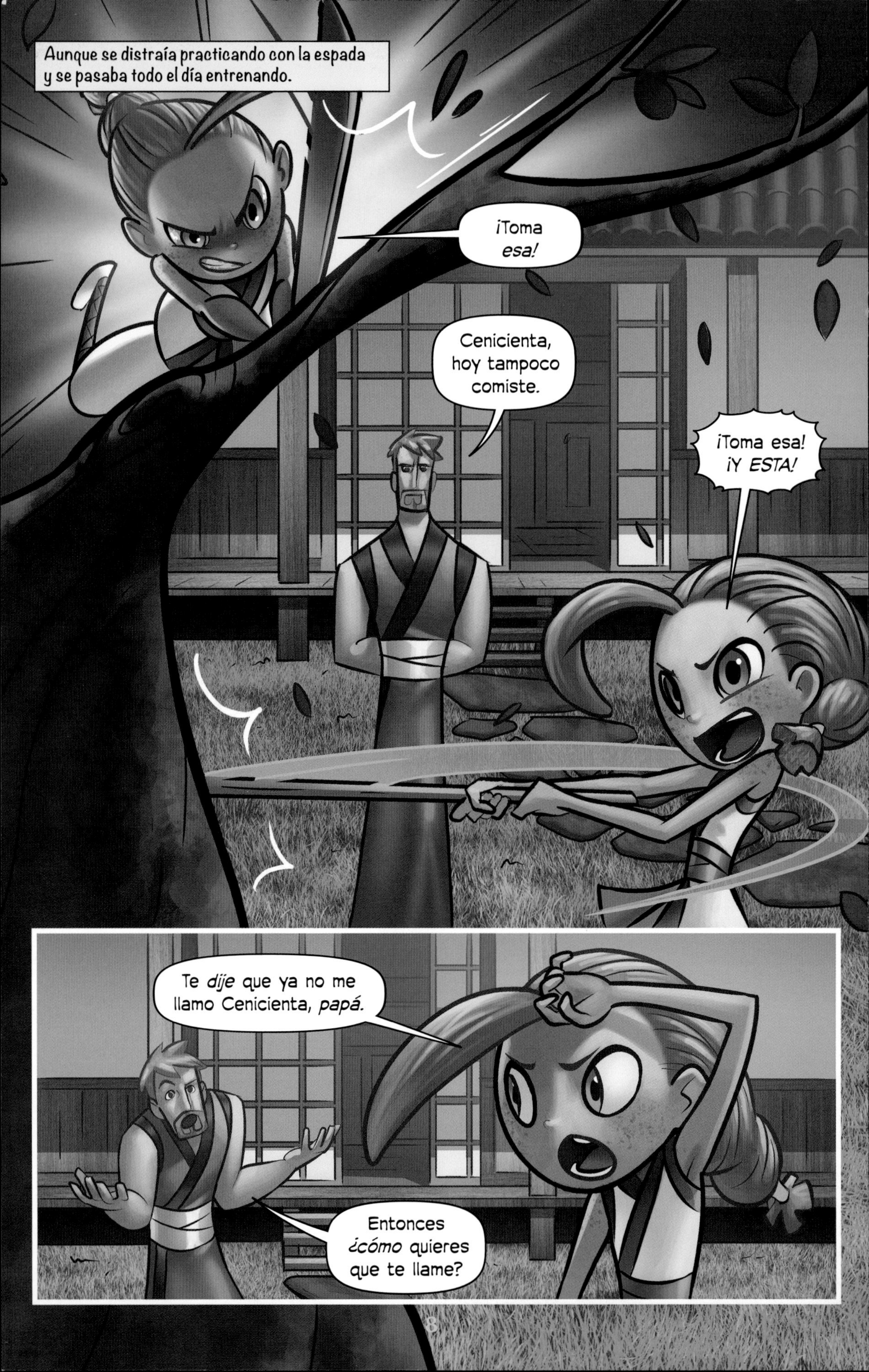

Aunque se distraía practicando con la espada y se pasaba todo el día entrenando.
¡Toma *esa!*
Cenicienta, hoy tampoco comiste.
¡Toma esa! ¡Y *ESTA!*
Te *dije* que ya no me llamo Cenicienta, *papá.*
Entonces *¿cómo* quieres que te llame?

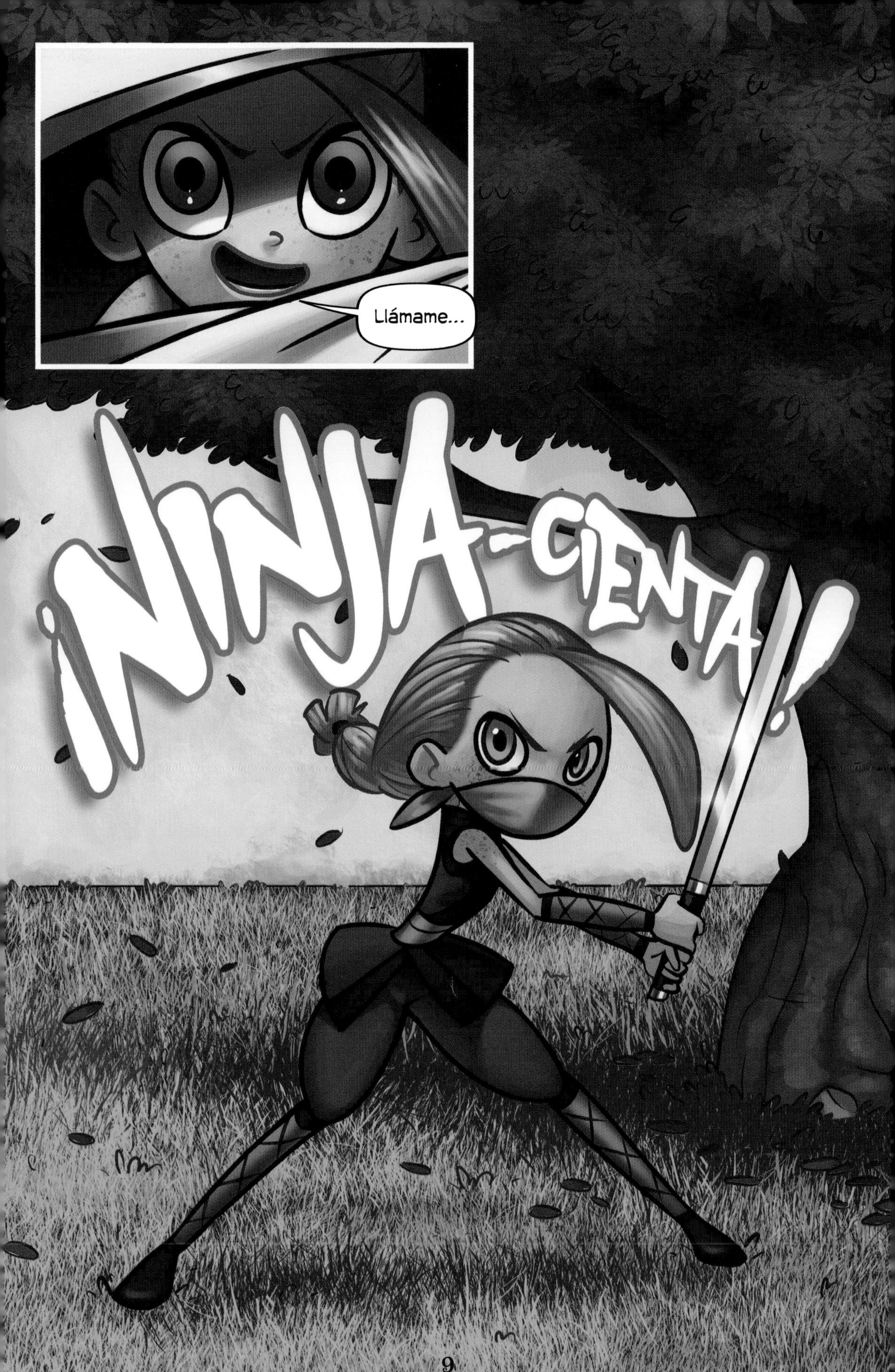
Llámame...
¡NINJA-CIENTA!

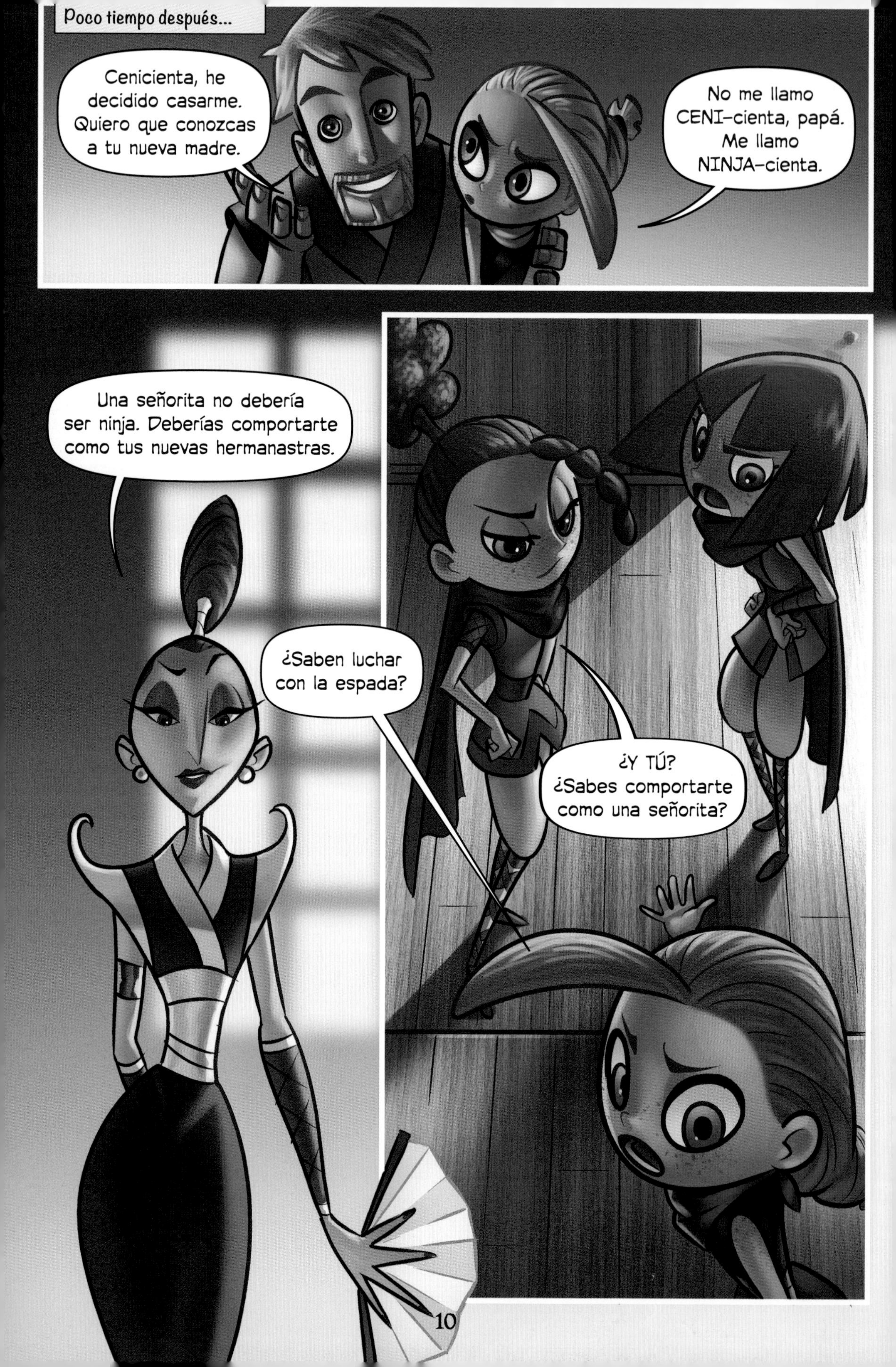
Poco tiempo después...
Cenicienta, he decidido casarme. Quiero que conozcas a tu nueva madre.
No me llamo CENI-cienta, papá. Me llamo NINJA-cienta.
Una señorita no debería ser ninja. Deberías comportarte como tus nuevas hermanastras.
¿Saben luchar con la espada?
¿Y TÚ? ¿Sabes comportarte como una señorita?

Pero Ninja-cienta no quería tener hermanas ni una madre nueva.

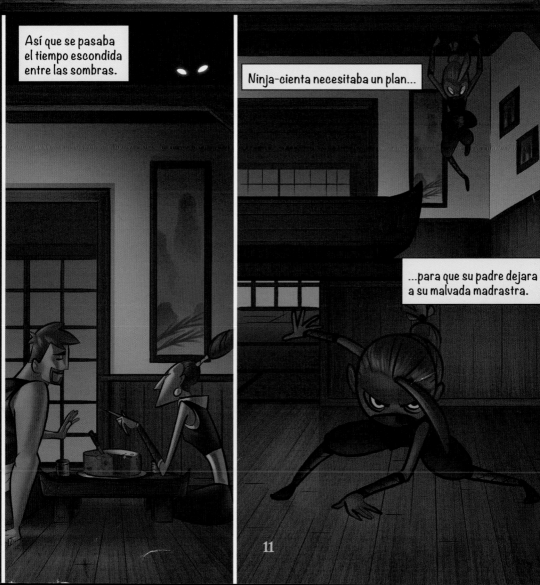

Así que se pasaba el tiempo escondida entre las sombras.

Ninja-cienta necesitaba un plan...

...para que su padre dejara a su malvada madrastra.

11

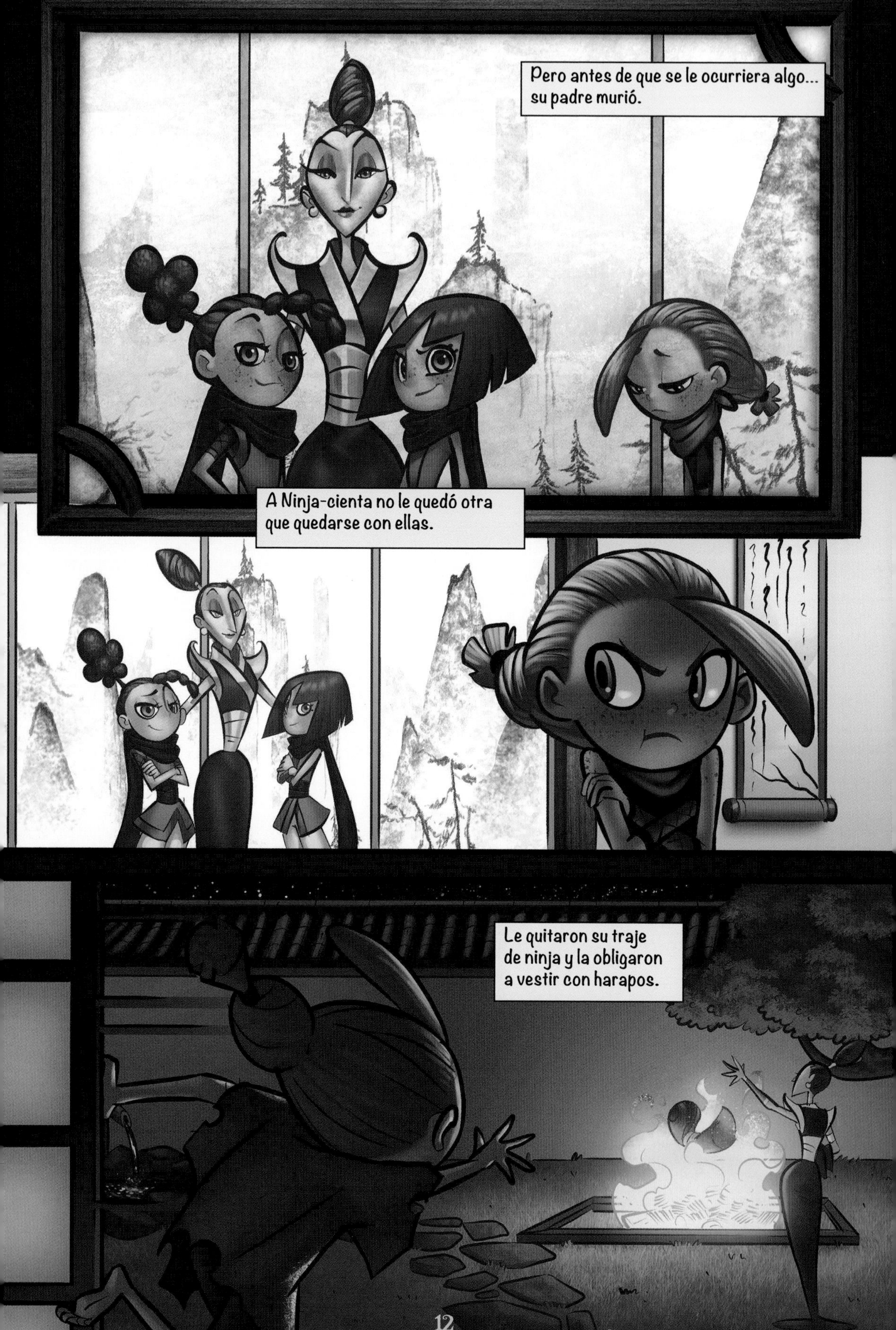
Pero antes de que se le ocurriera algo...
su padre murió.
A Ninja-cienta no le quedó otra
que quedarse con ellas.
Le quitaron su traje
de ninja y la obligaron
a vestir con harapos.

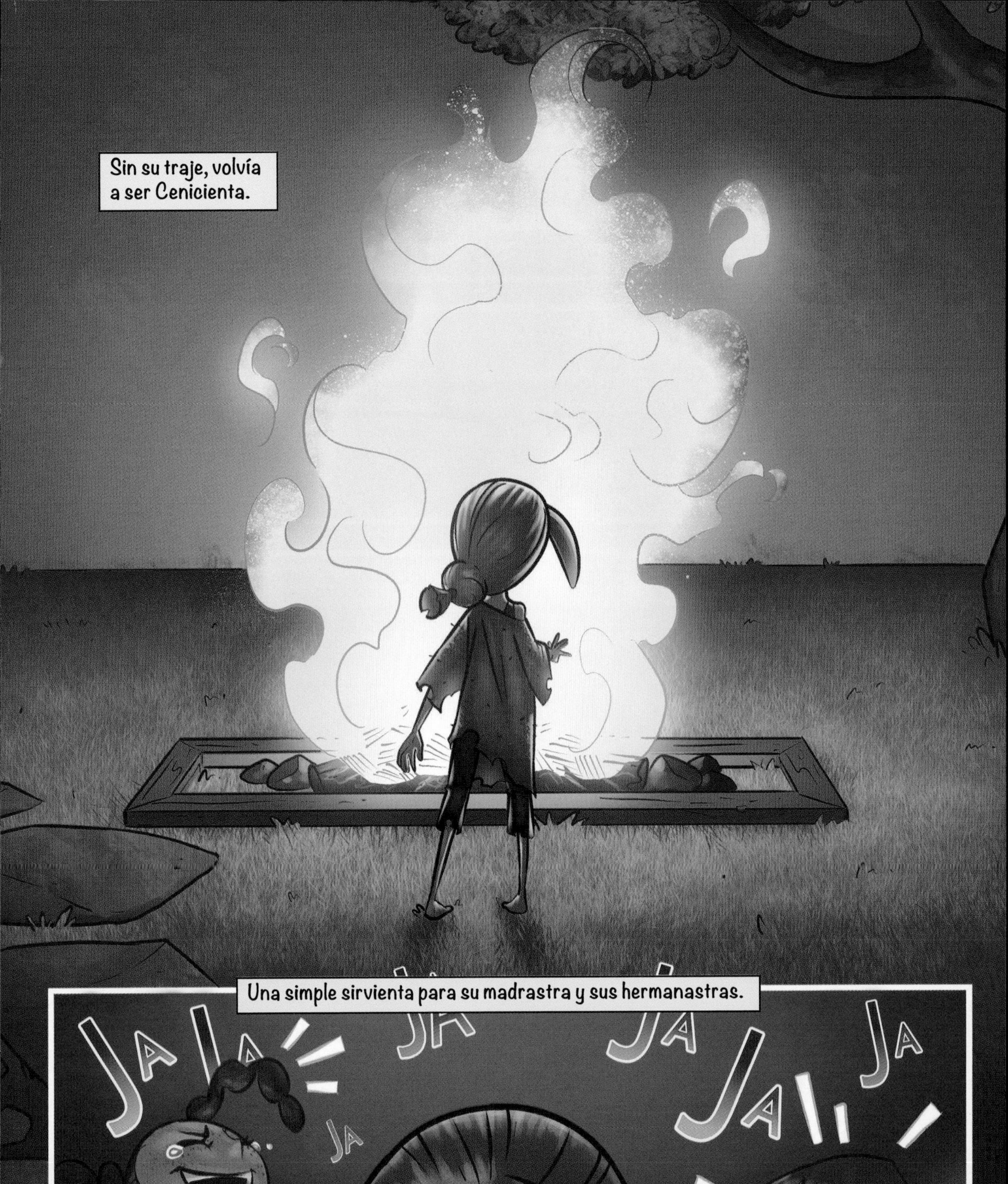
Sin su traje, volvía
a ser Cenicienta.

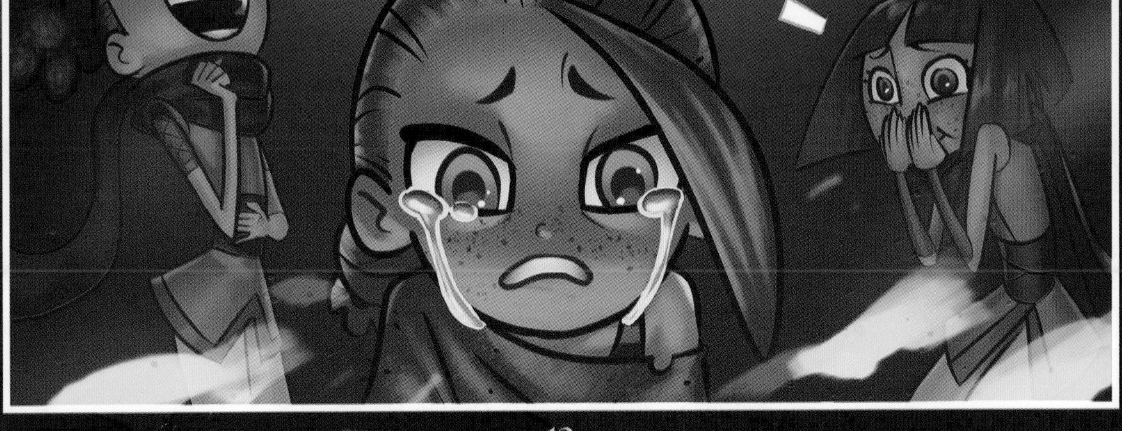
Una simple sirvienta para su madrastra y sus hermanastras.
JA JA
JA
JA
JA
JA JA
JA

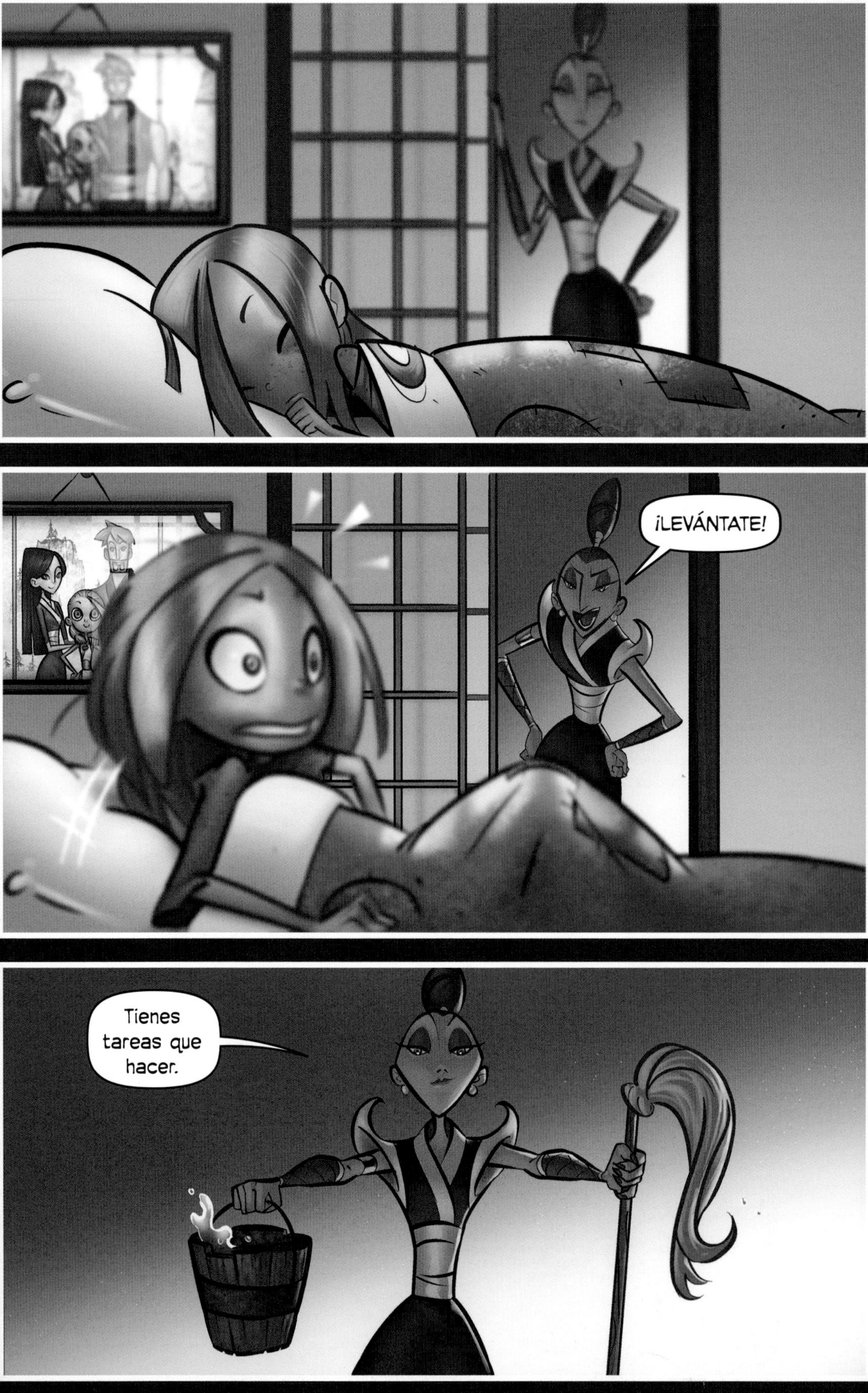
¡LEVÁNTATE!
Tienes tareas que hacer.

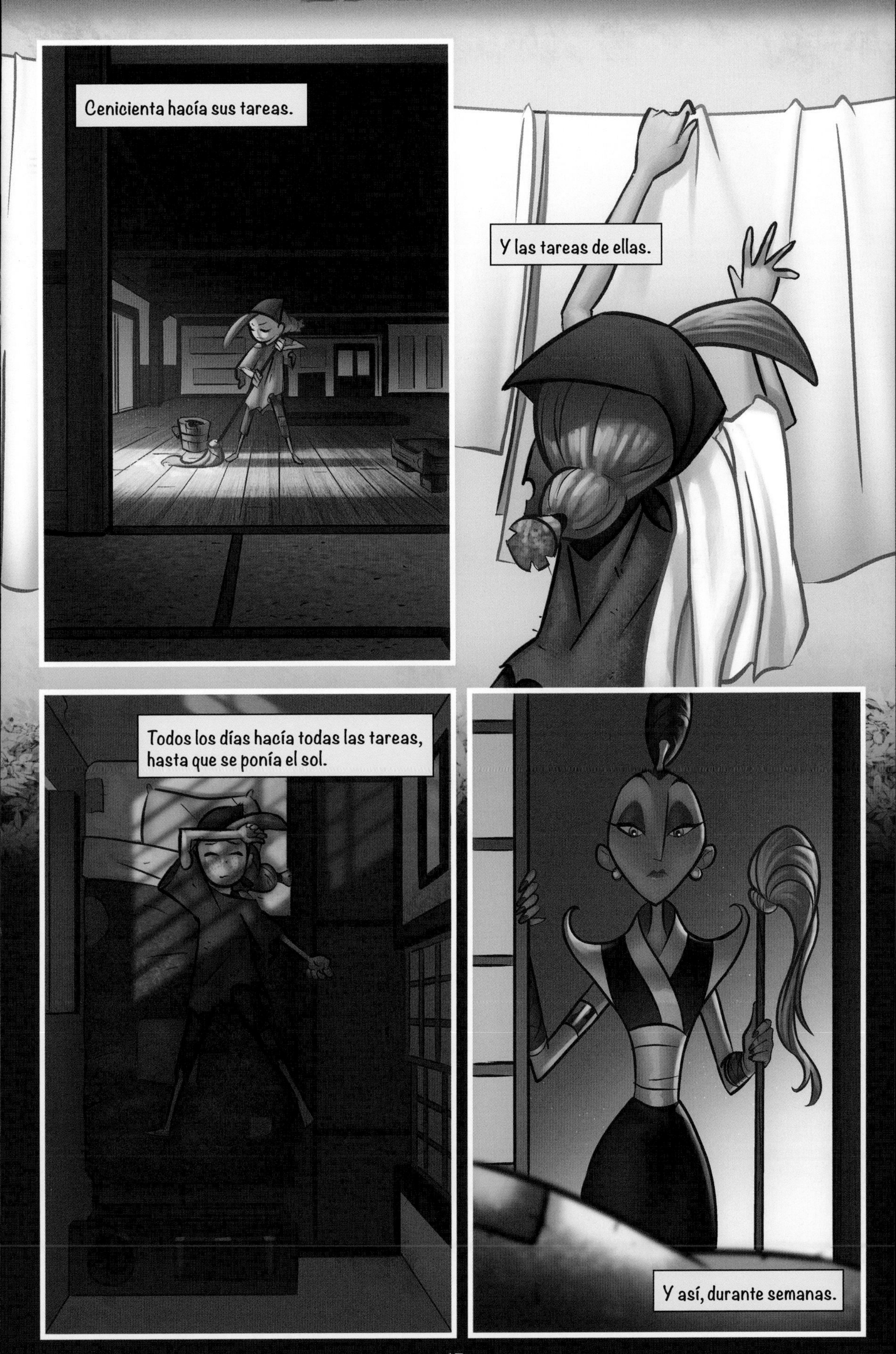
Cenicienta hacía sus tareas.
Y las tareas de ellas.
Todos los días hacía todas las tareas, hasta que se ponía el sol.
Y así, durante semanas.

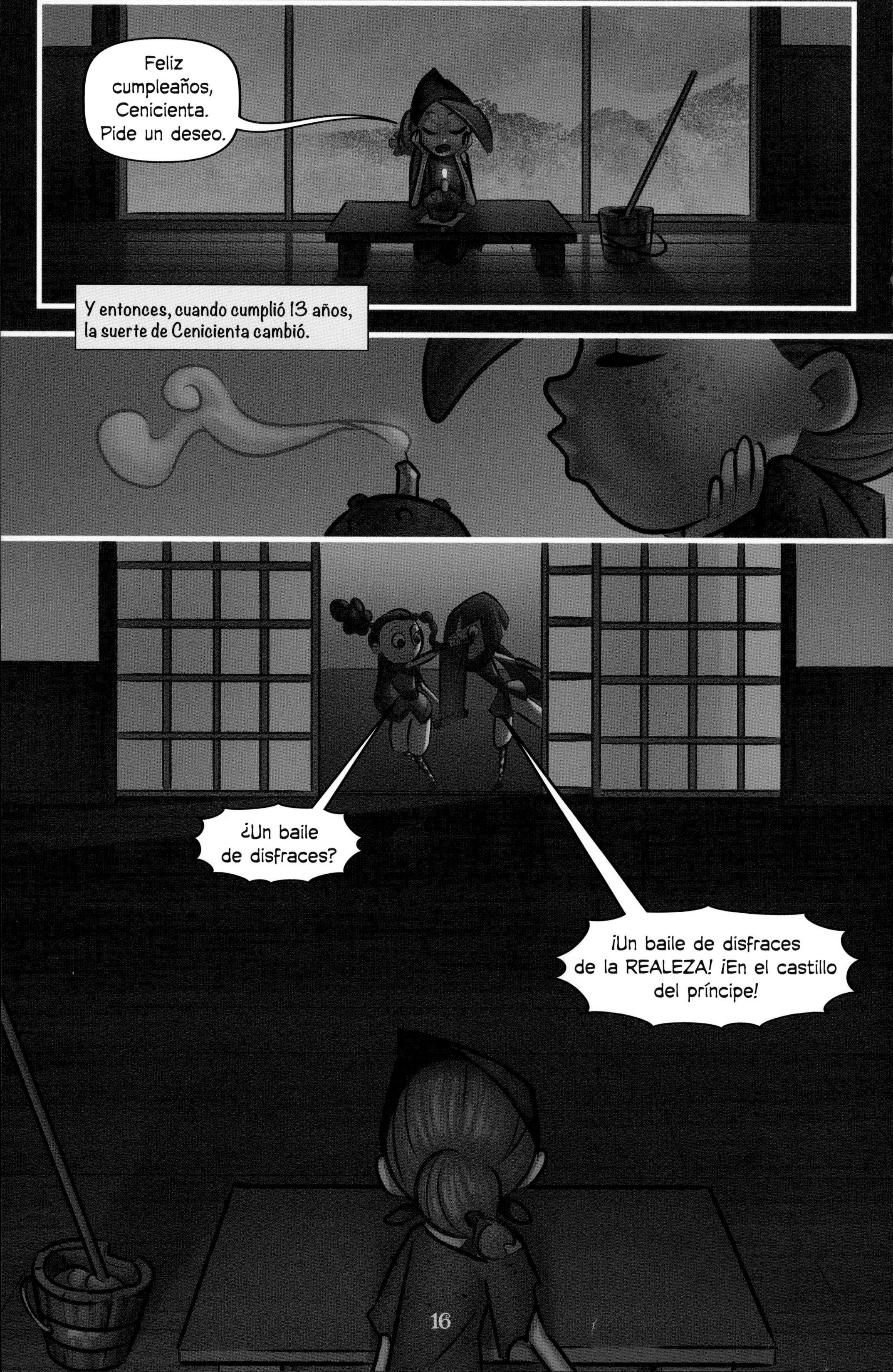

Feliz cumpleaños, Cenicienta. Pide un deseo.
Y entonces, cuando cumplió 13 años, la suerte de Cenicienta cambió.
¿Un baile de disfraces?
¡Un baile de disfraces de la REALEZA! ¡En el castillo del príncipe!

¿Hay una fiesta en el castillo? ¿Cuándo?

¿TÚ quieres ir al baile?

¿Para QUÉ?

¡El príncipe es un famoso espadachín! Me encantaría entrenar con él.

¡Ay, no! Solo a TI se te ocurriría una tontería así.

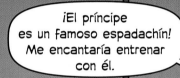

No te hagas ilusiones. Madre nunca te dejará ir.

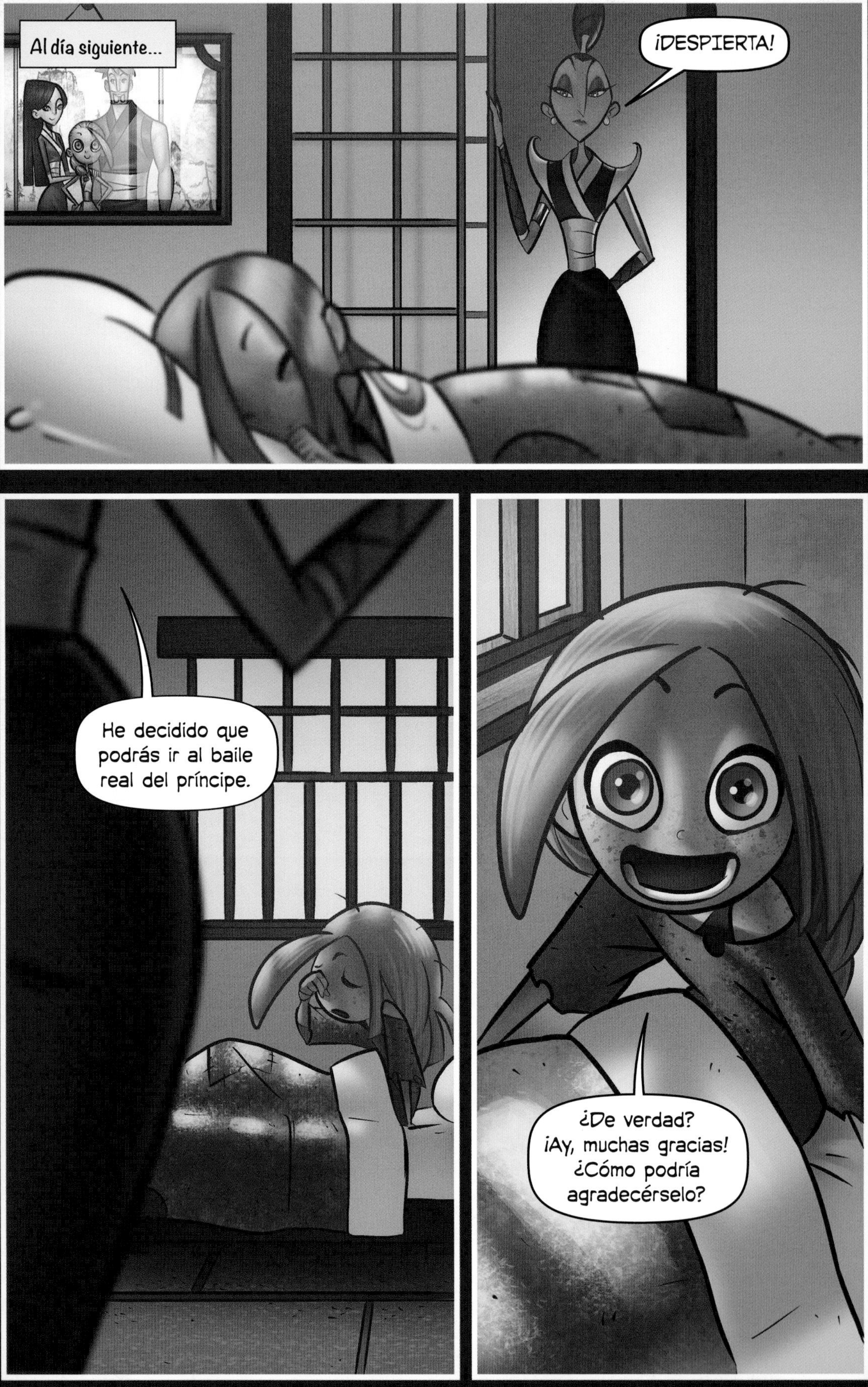
Al día siguiente...
¡DESPIERTA!
He decidido que podrás ir al baile real del príncipe.
¿De verdad? ¡Ay, muchas gracias! ¿Cómo podría agradecérselo?

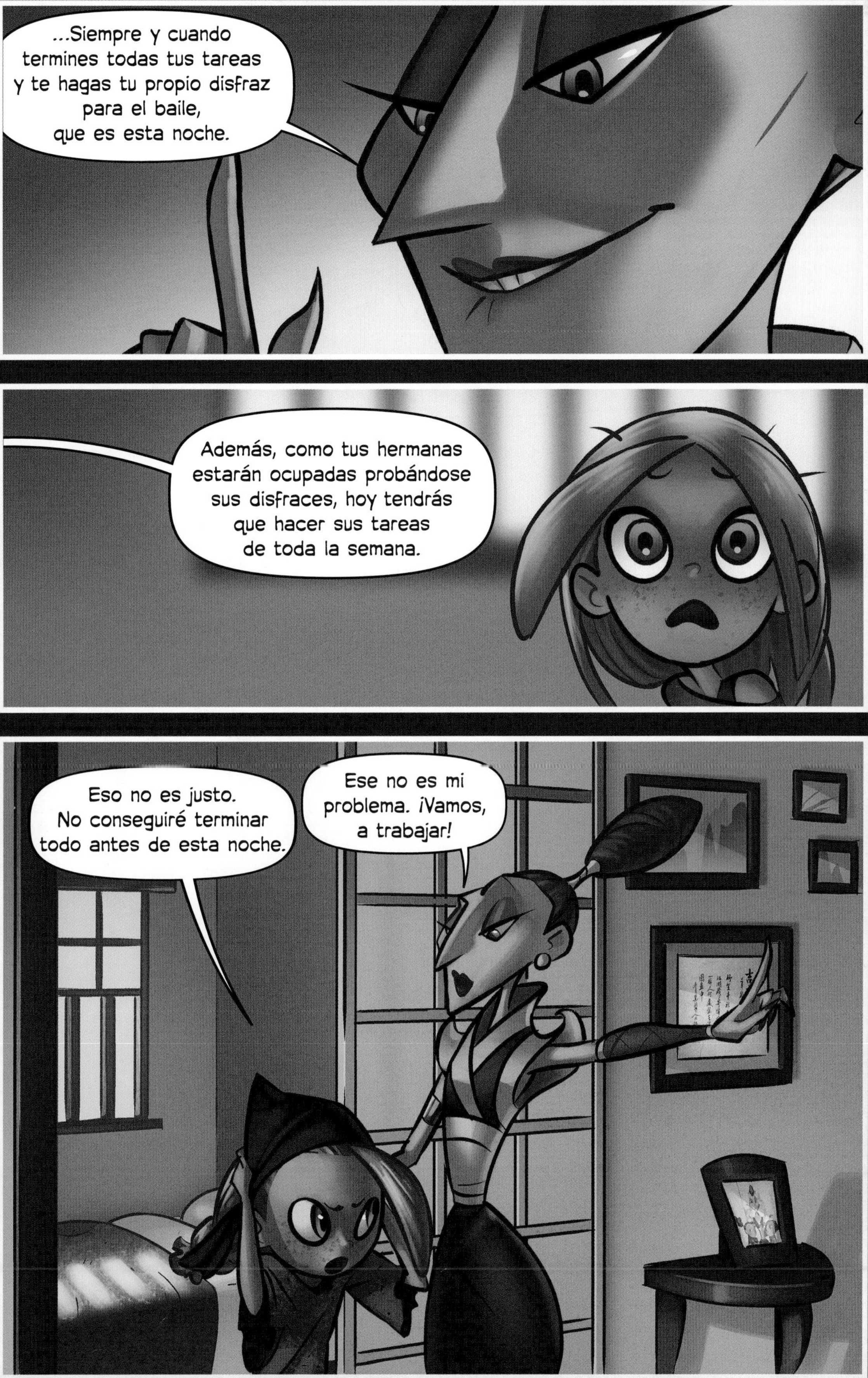
...Siempre y cuando termines todas tus tareas y te hagas tu propio disfraz para el baile, que es esta noche.
Además, como tus hermanas estarán ocupadas probándose sus disfraces, hoy tendrás que hacer sus tareas de toda la semana.
Eso no es justo. No conseguiré terminar todo antes de esta noche.
Ese no es mi problema. ¡Vamos, a trabajar!

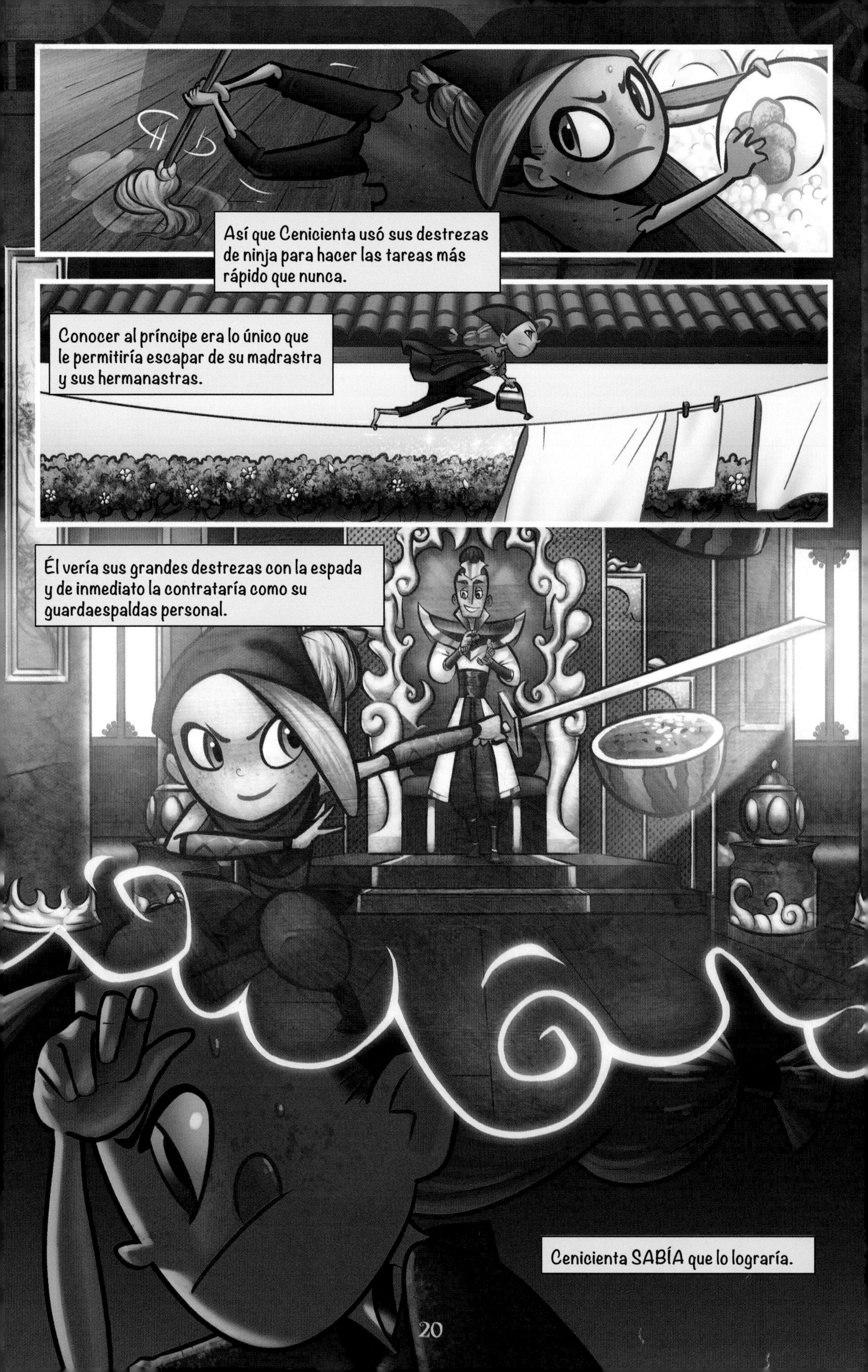
Así que Cenicienta usó sus destrezas de ninja para hacer las tareas más rápido que nunca.
Conocer al príncipe era lo único que le permitiría escapar de su madrastra y sus hermanastras.
Él vería sus grandes destrezas con la espada y de inmediato la contrataría como su guardaespaldas personal.
Cenicienta SABÍA que lo lograría.

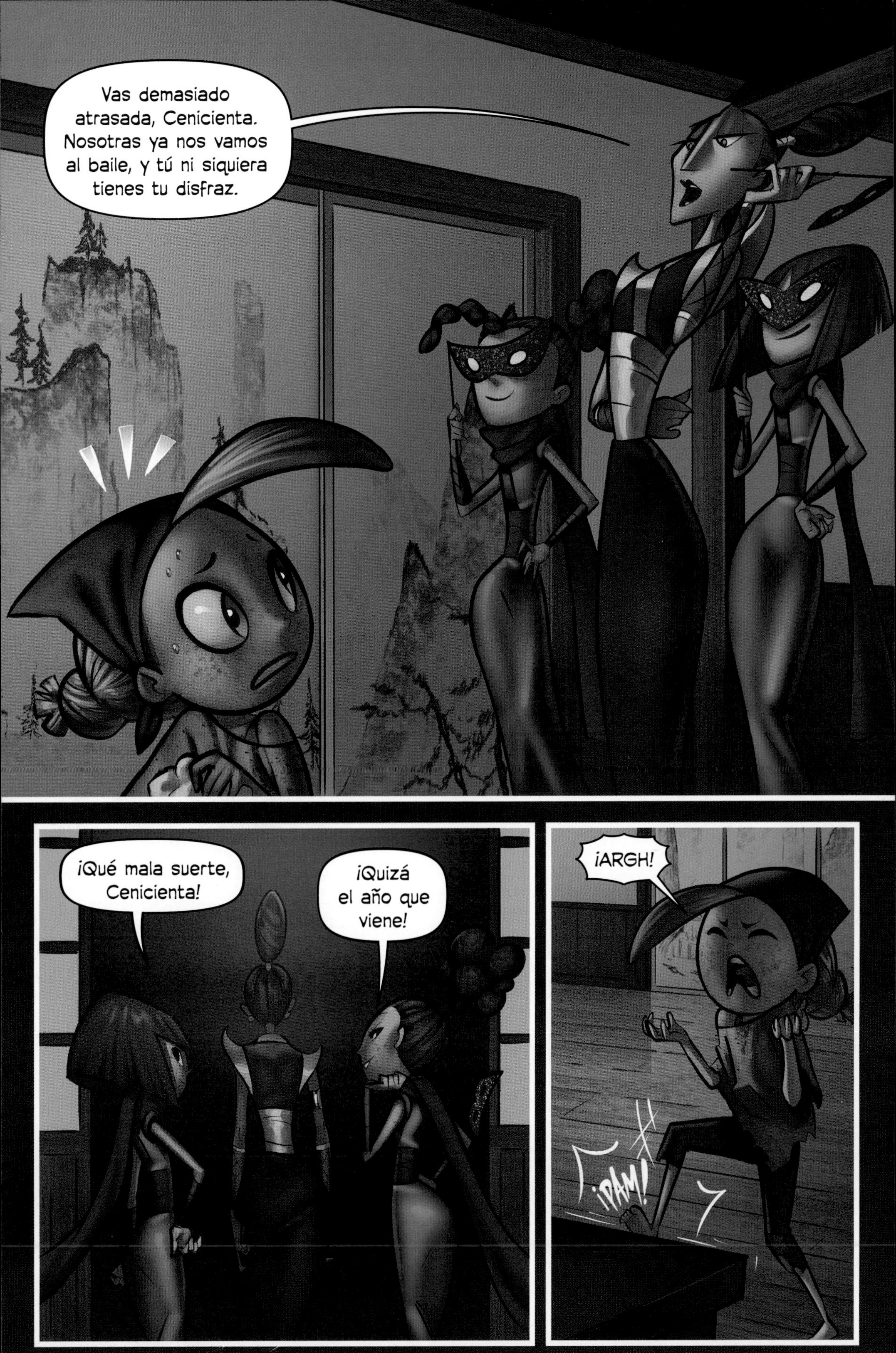
Vas demasiado atrasada, Cenicienta. Nosotras ya nos vamos al baile, y tú ni siquiera tienes tu disfraz.
¡Qué mala suerte, Cenicienta!
¡Quizá el año que viene!
¡ARGH!
¡PAM!

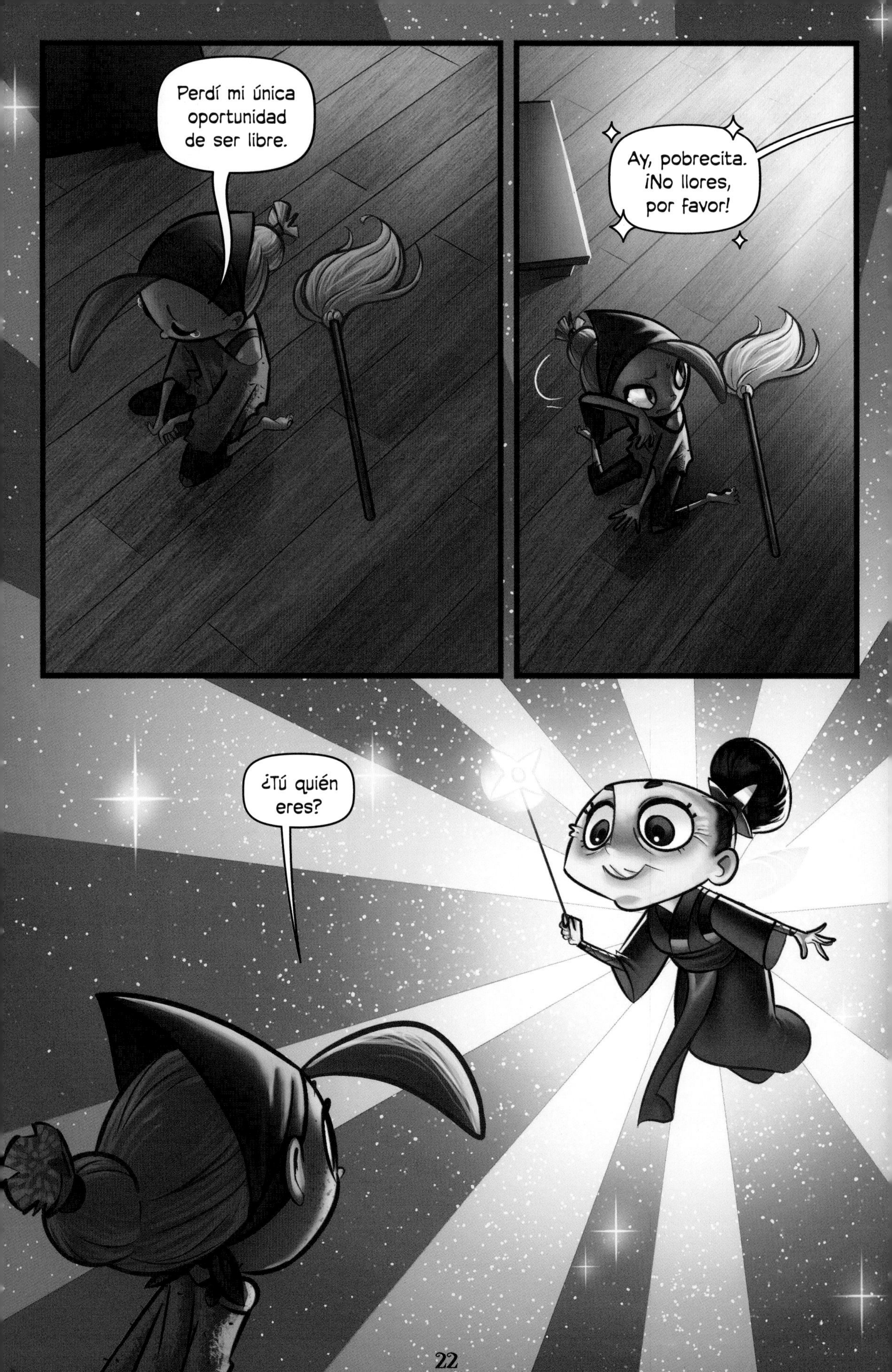
Perdí mi única oportunidad de ser libre.
Ay, pobrecita. ¡No llores, por favor!
¿Tú quién eres?

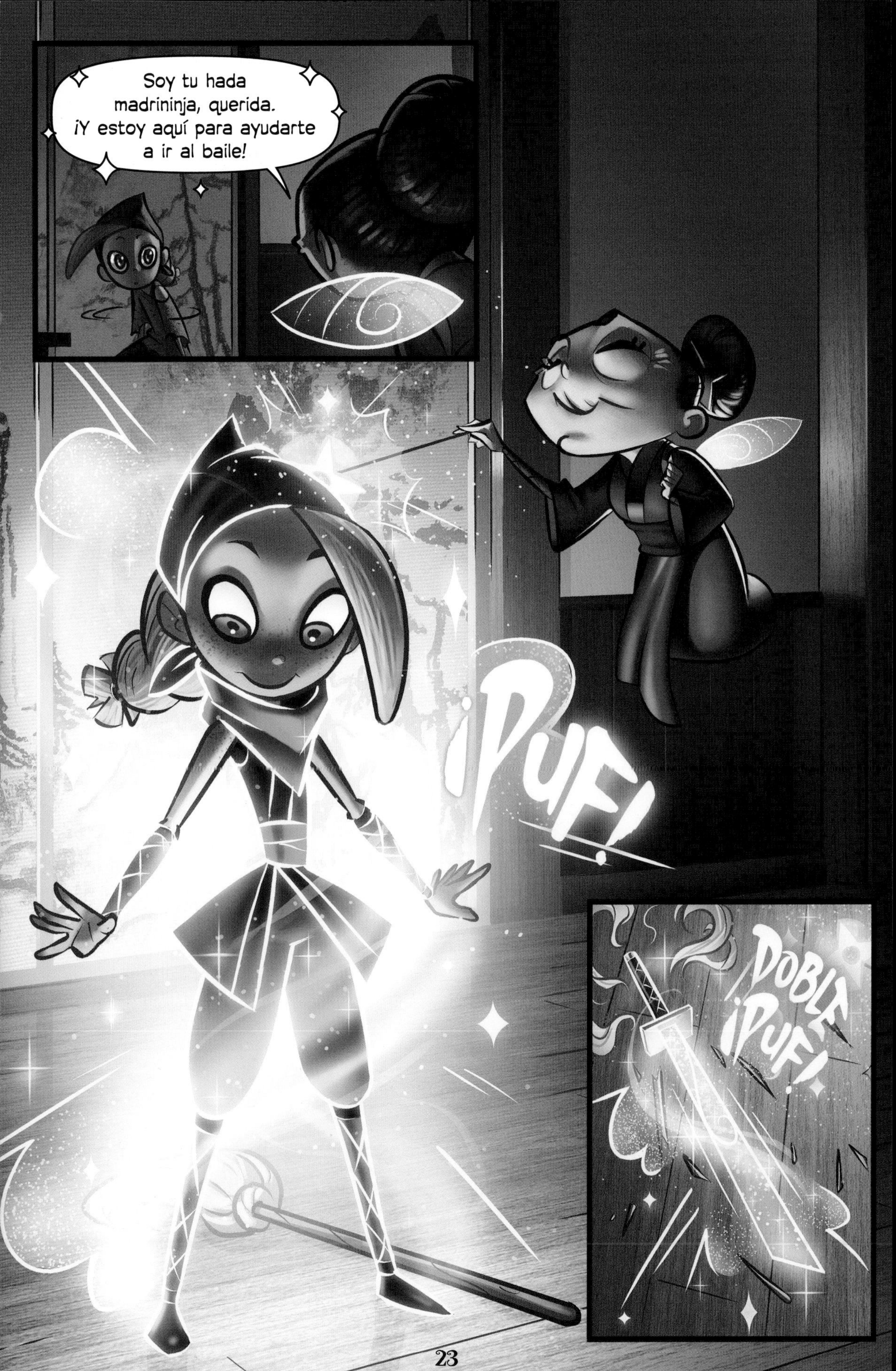
Soy tu hada madrininja, querida. ¡Y estoy aquí para ayudarte a ir al baile!
¡PUF!
DOBLE ¡PUF!

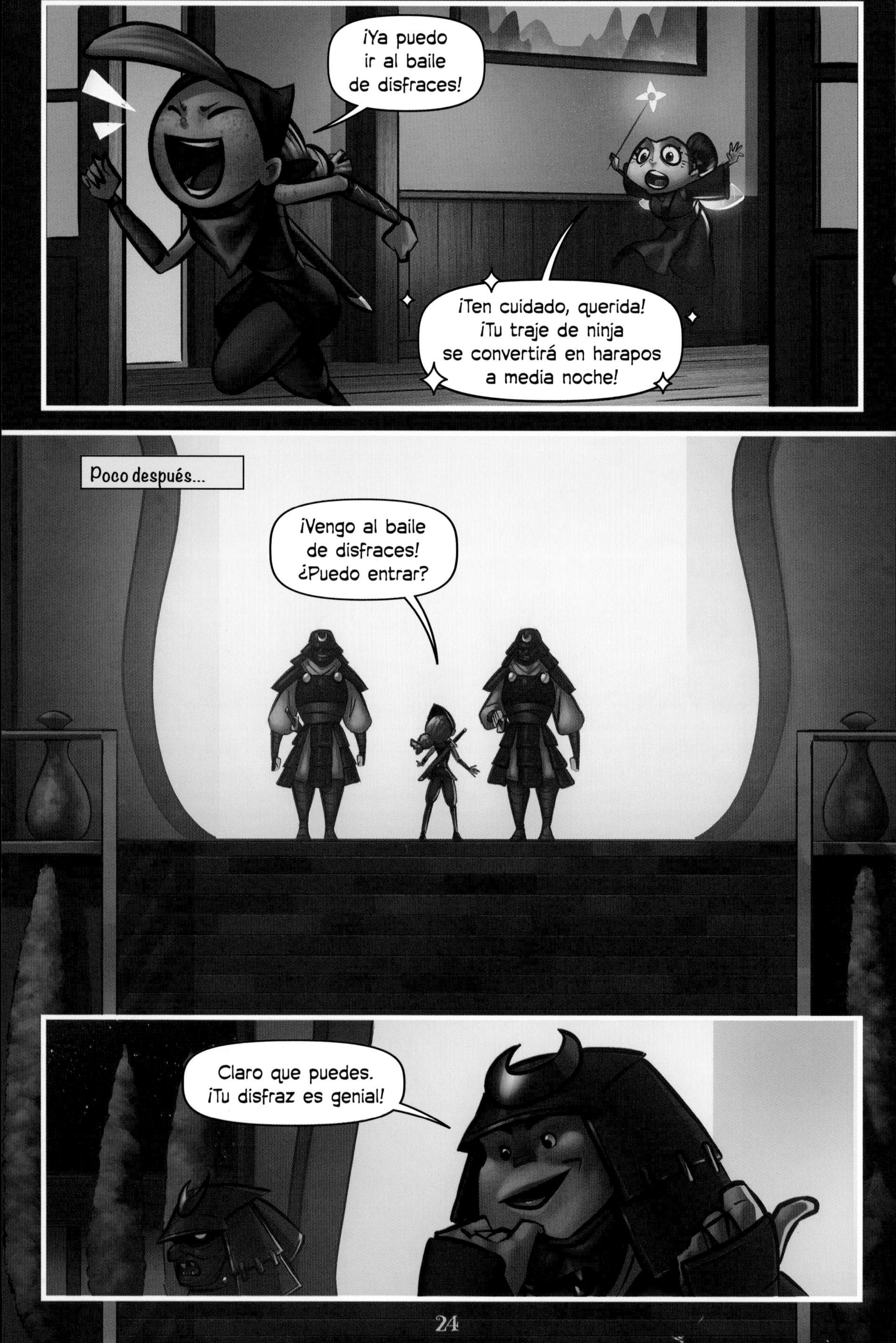
¡Ya puedo ir al baile de disfraces!
¡Ten cuidado, querida! ¡Tu traje de ninja se convertirá en harapos a media noche!
Poco después...
¡Vengo al baile de disfraces! ¿Puedo entrar?
Claro que puedes. ¡Tu disfraz es genial!

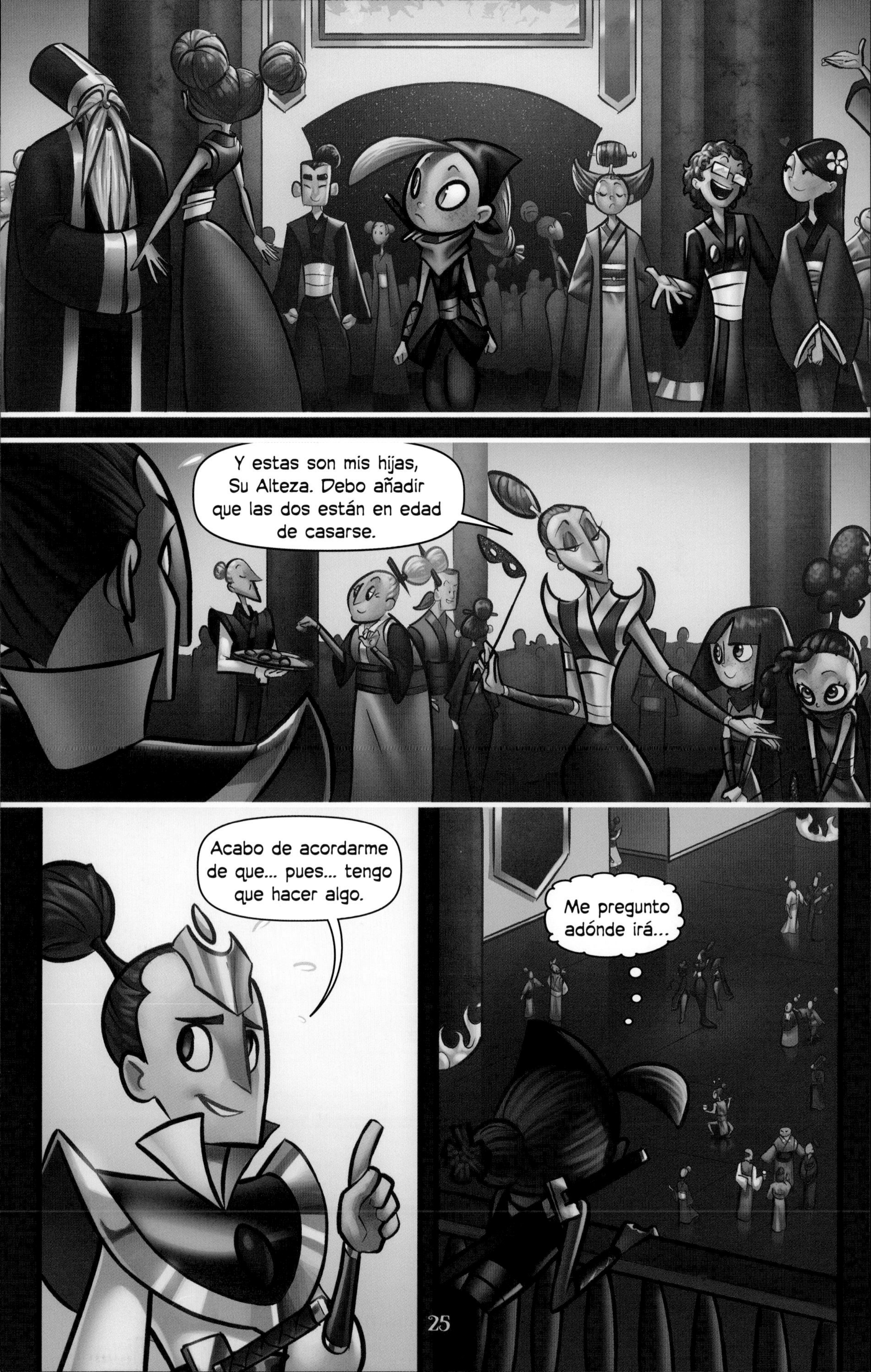
Y estas son mis hijas, Su Alteza. Debo añadir que las dos están en edad de casarse.
Acabo de acordarme de que... pues... tengo que hacer algo.
Me pregunto adónde irá...

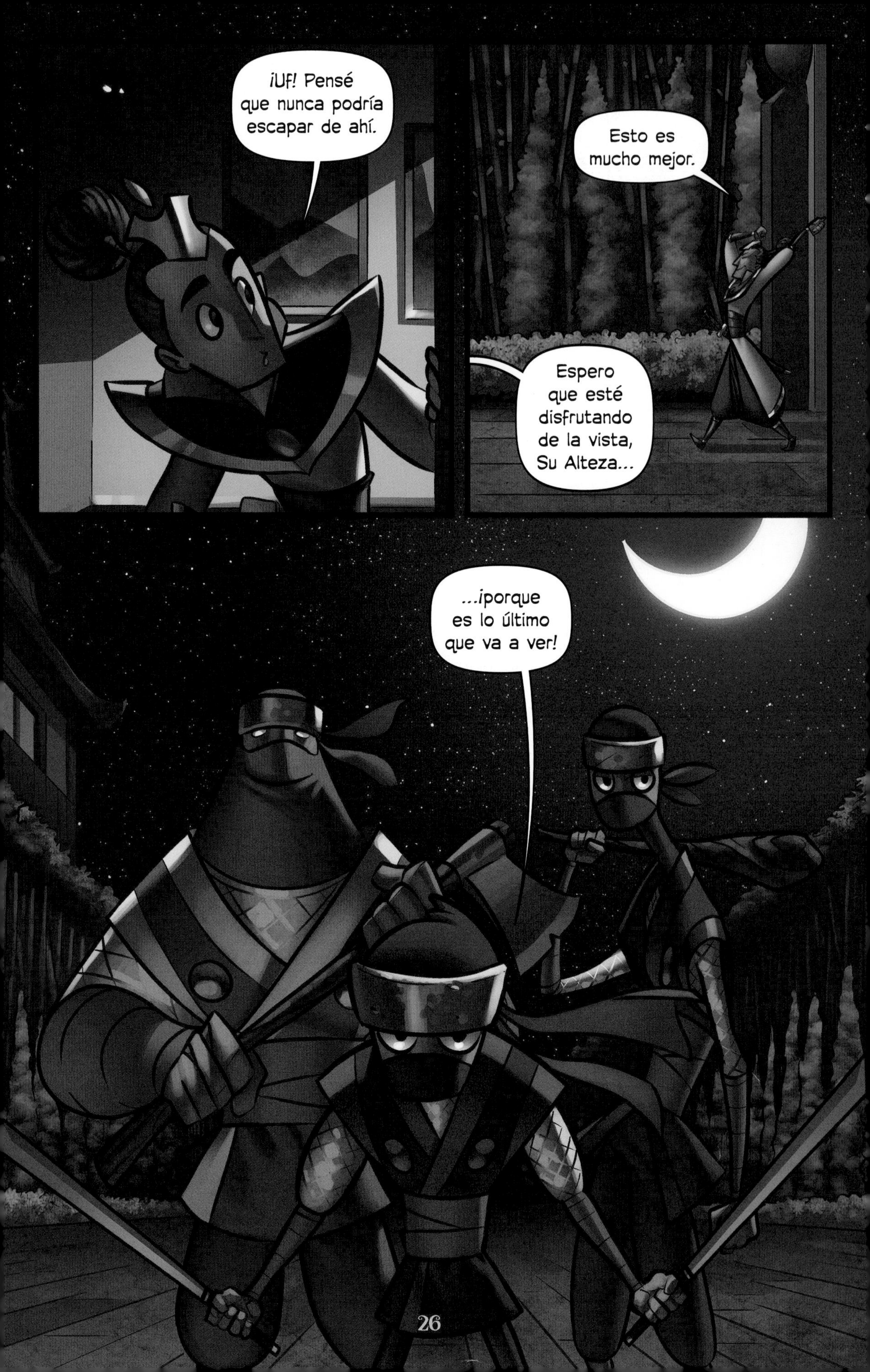
¡Uf! Pensé que nunca podría escapar de ahí.
Esto es mucho mejor.
Espero que esté disfrutando de la vista, Su Alteza...
...¡porque es lo último que va a ver!

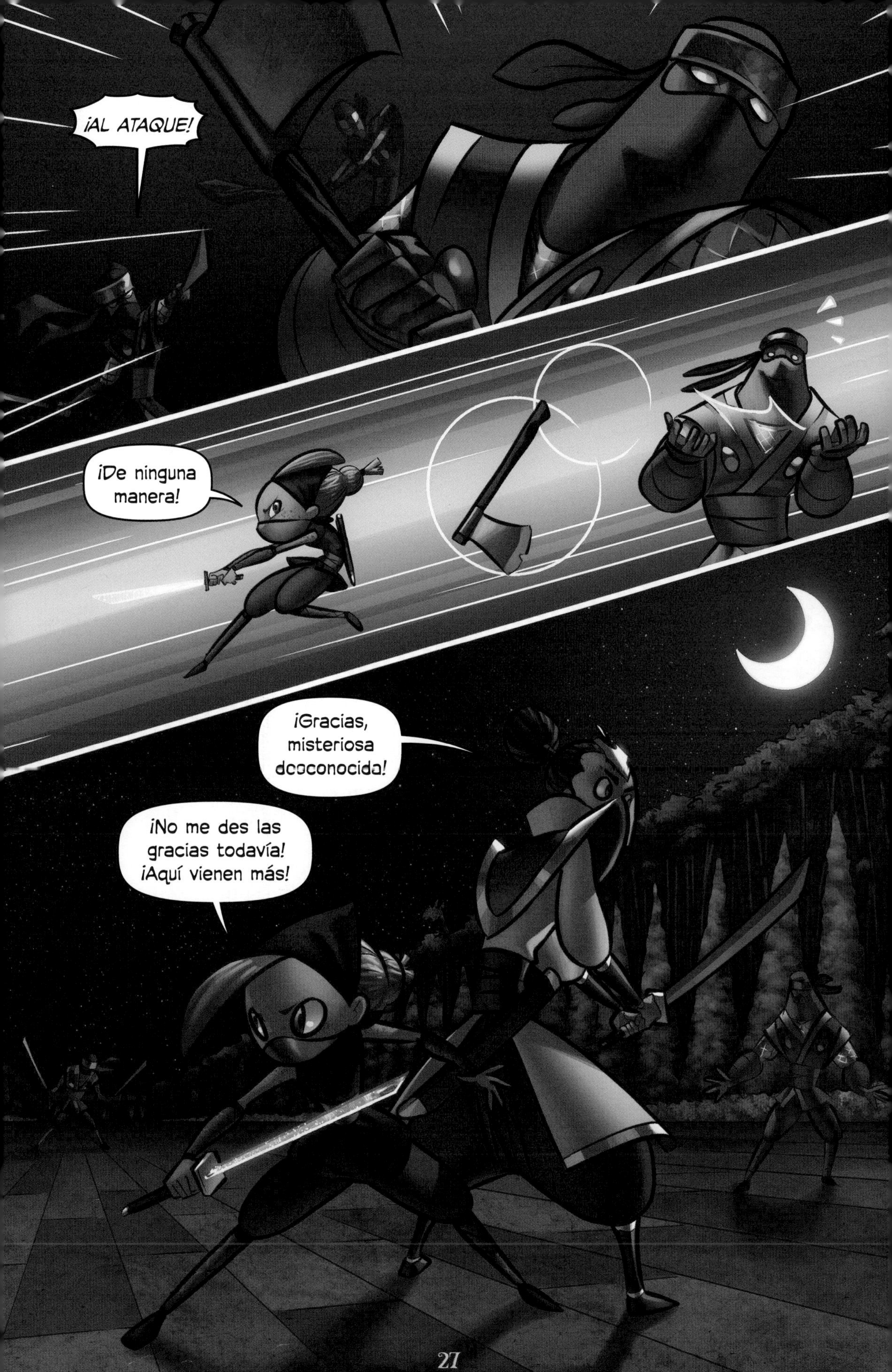

¡AL ATAQUE!
¡De ninguna manera!
¡Gracias, misteriosa dcoconocida!
¡No me des las gracias todavía! ¡Aquí vienen más!

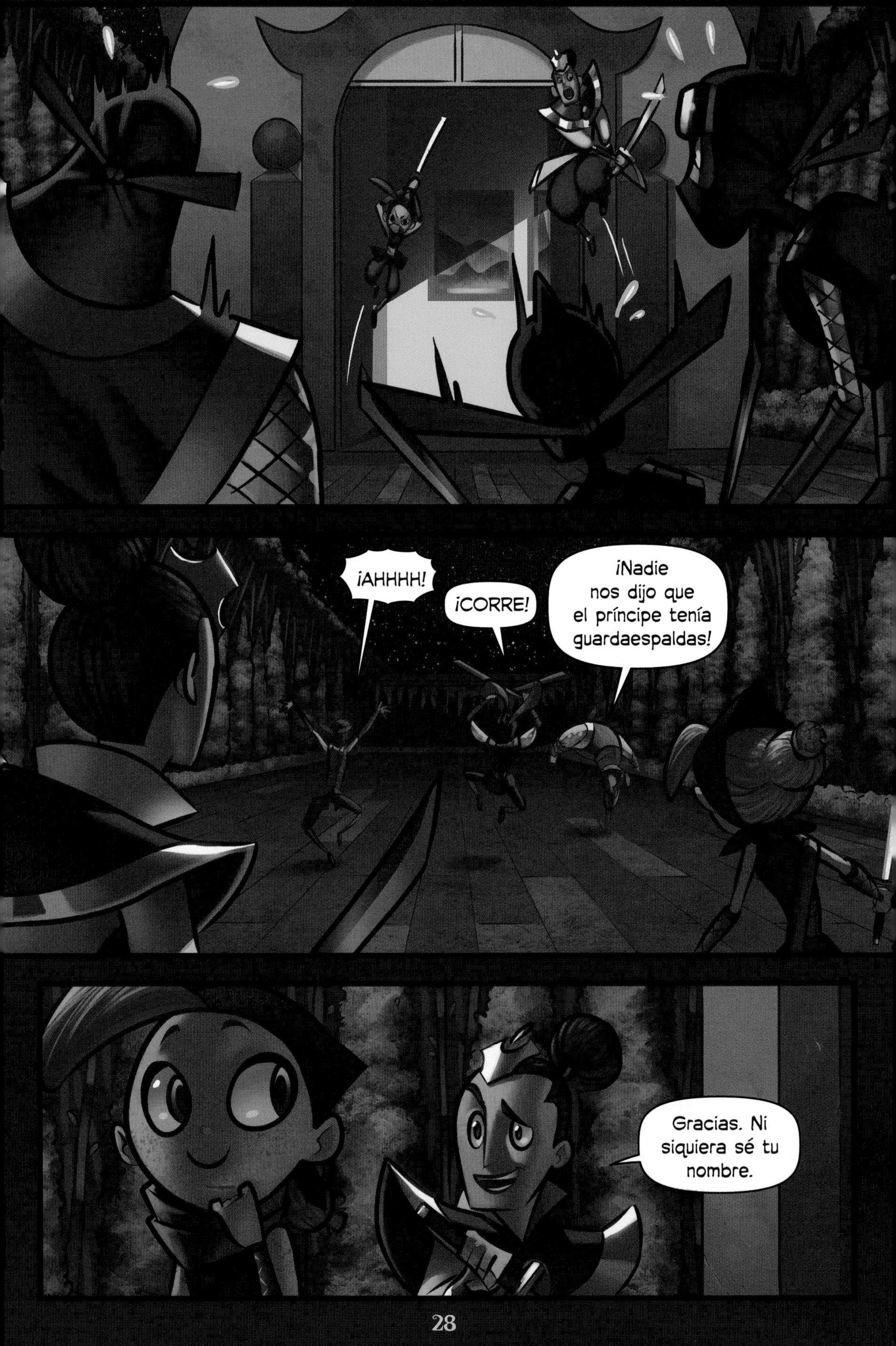
¡AHHHH!
¡CORRE!
¡Nadie nos dijo que el príncipe tenía guardaespaldas!
Gracias. Ni siquiera sé tu nombre.

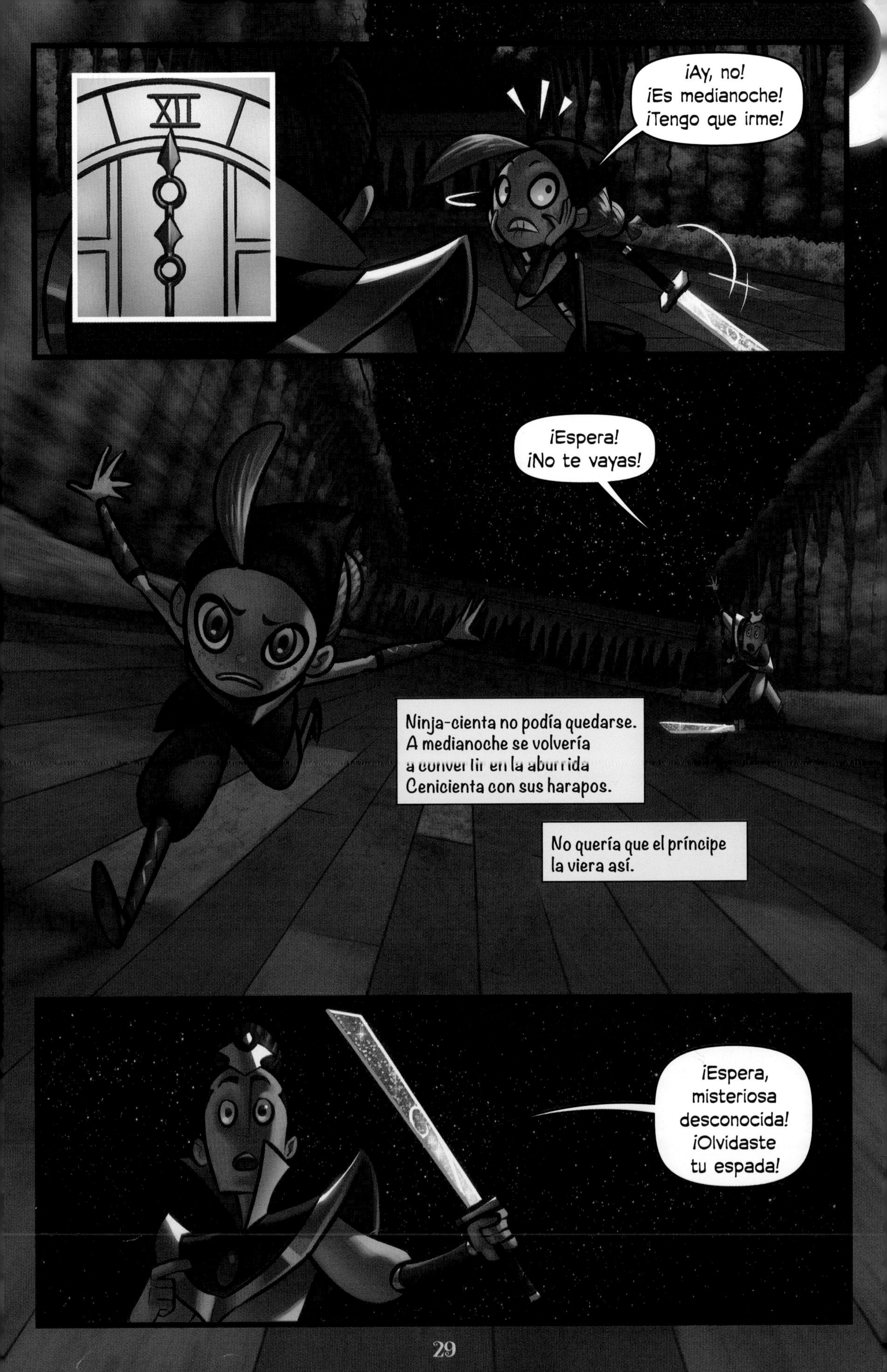
¡Ay, no! ¡Es medianoche! ¡Tengo que irme!
¡Espera! ¡No te vayas!
Ninja-cienta no podía quedarse. A medianoche se volvería a convertir en la aburrida Cenicienta con sus harapos.
No quería que el príncipe la viera así.
¡Espera, misteriosa desconocida! ¡Olvidaste tu espada!

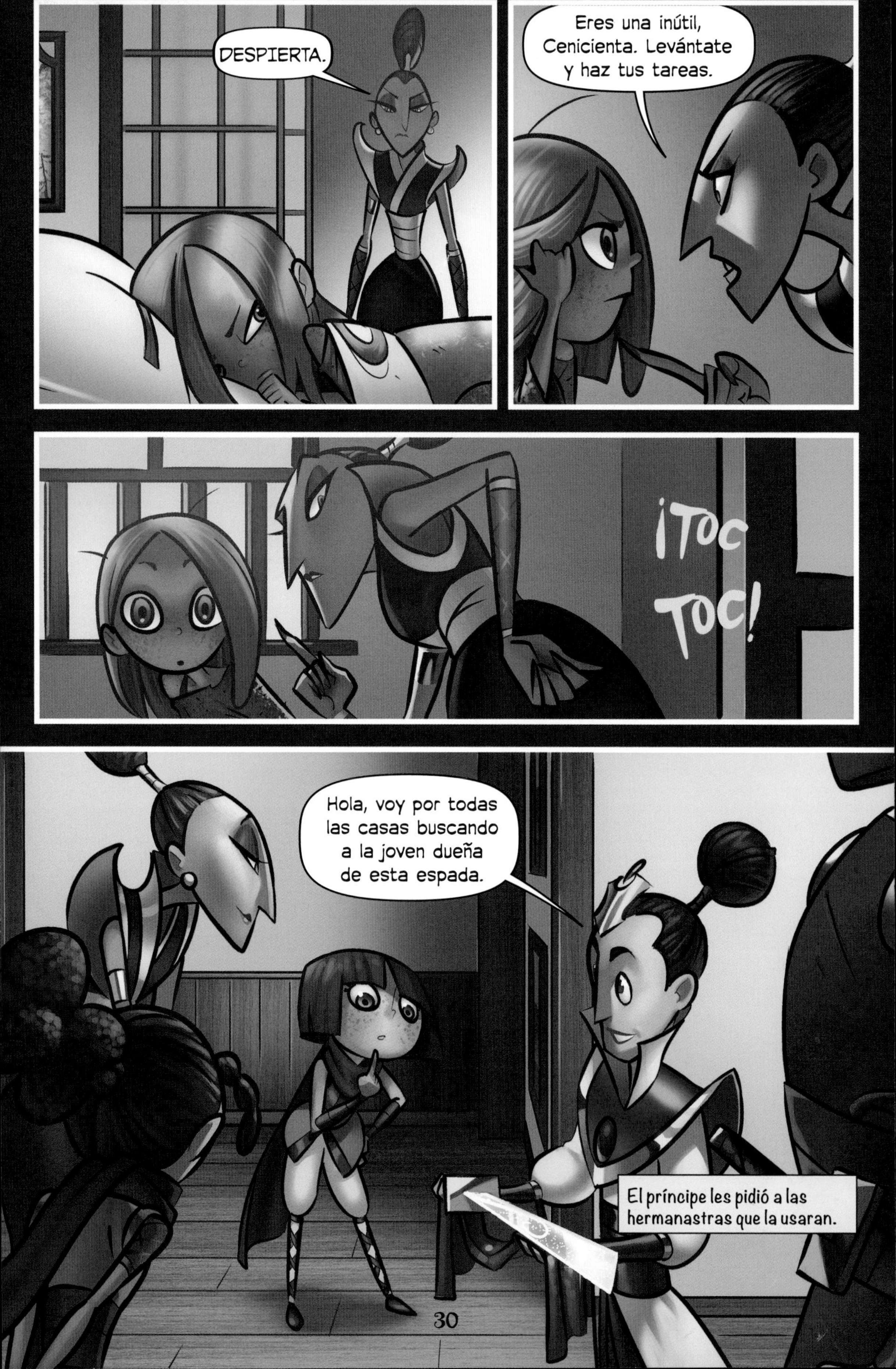
DESPIERTA.
Eres una inútil, Cenicienta. Levántate y haz tus tareas.
¡TOC TOC!
Hola, voy por todas las casas buscando a la joven dueña de esta espada.
El príncipe les pidió a las hermanastras que la usaran.

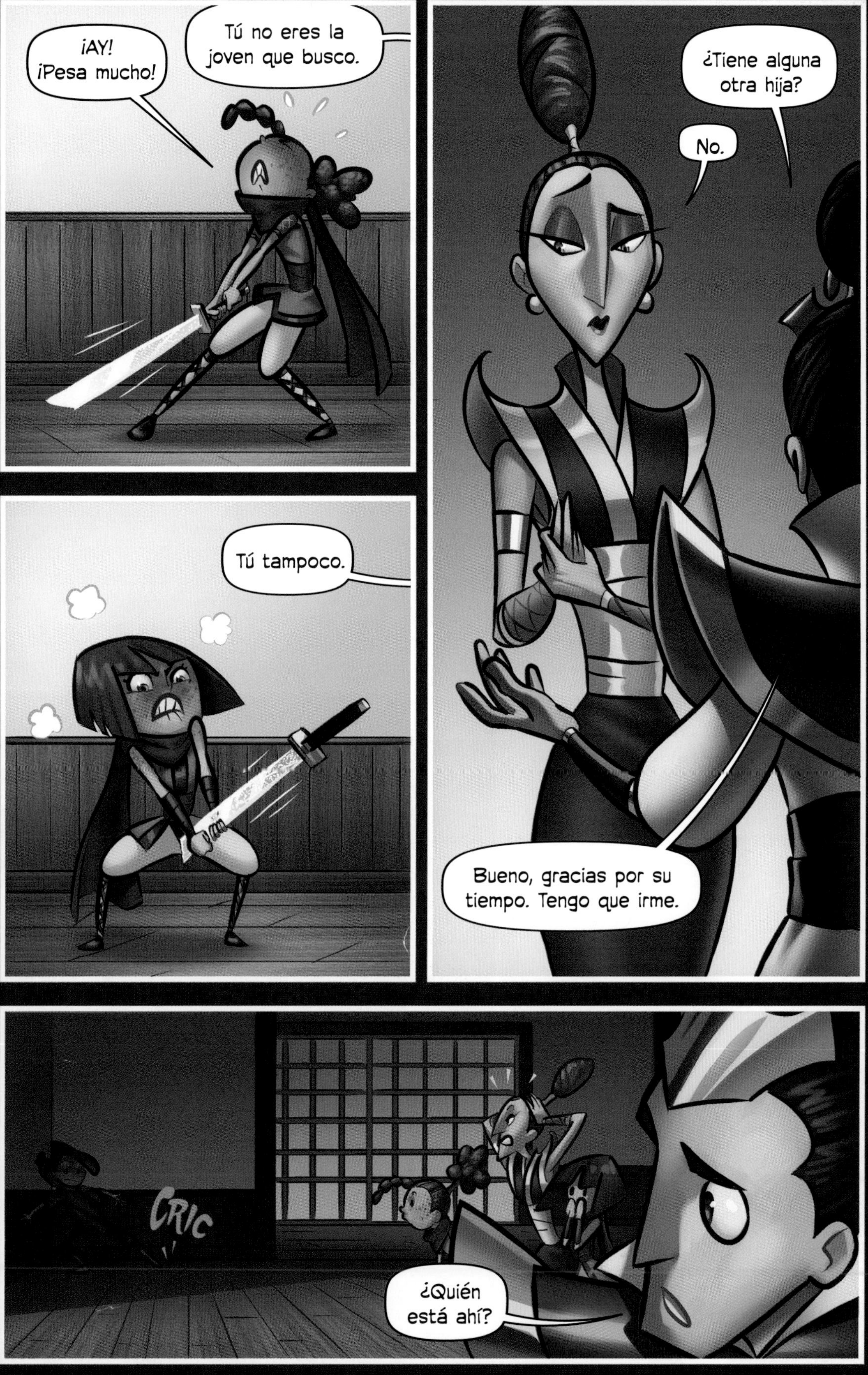
¡AY! ¡Pesa mucho!
Tú no eres la joven que busco.
¿Tiene alguna otra hija?
No.
Tú tampoco.
Bueno, gracias por su tiempo. Tengo que irme.
CRIC
¿Quién está ahí?

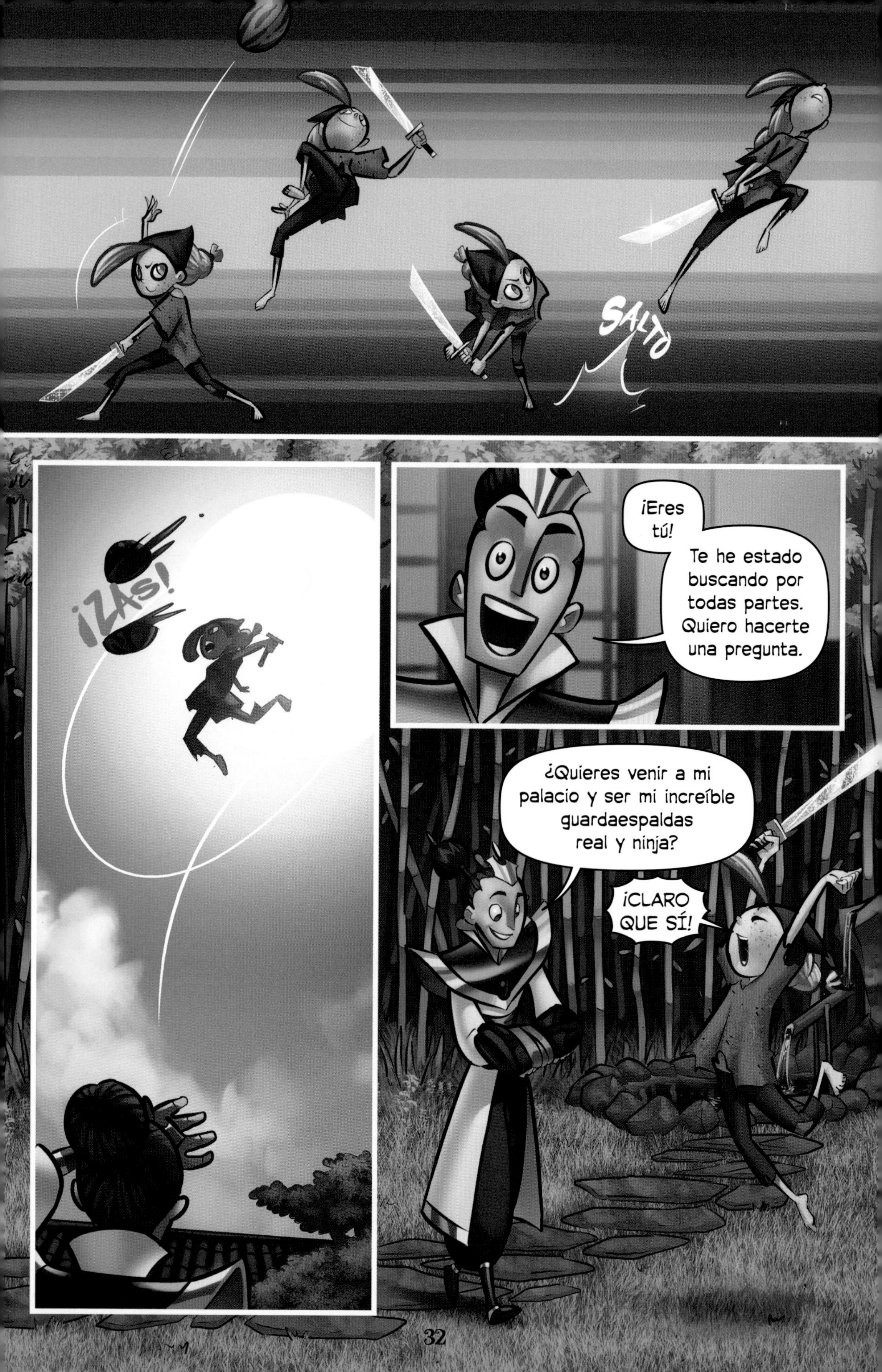
SALTO
¡ZAS!
¡Eres tú!
Te he estado buscando por todas partes. Quiero hacerte una pregunta.
¿Quieres venir a mi palacio y ser mi increíble guardaespaldas real y ninja?
¡CLARO QUE SÍ!

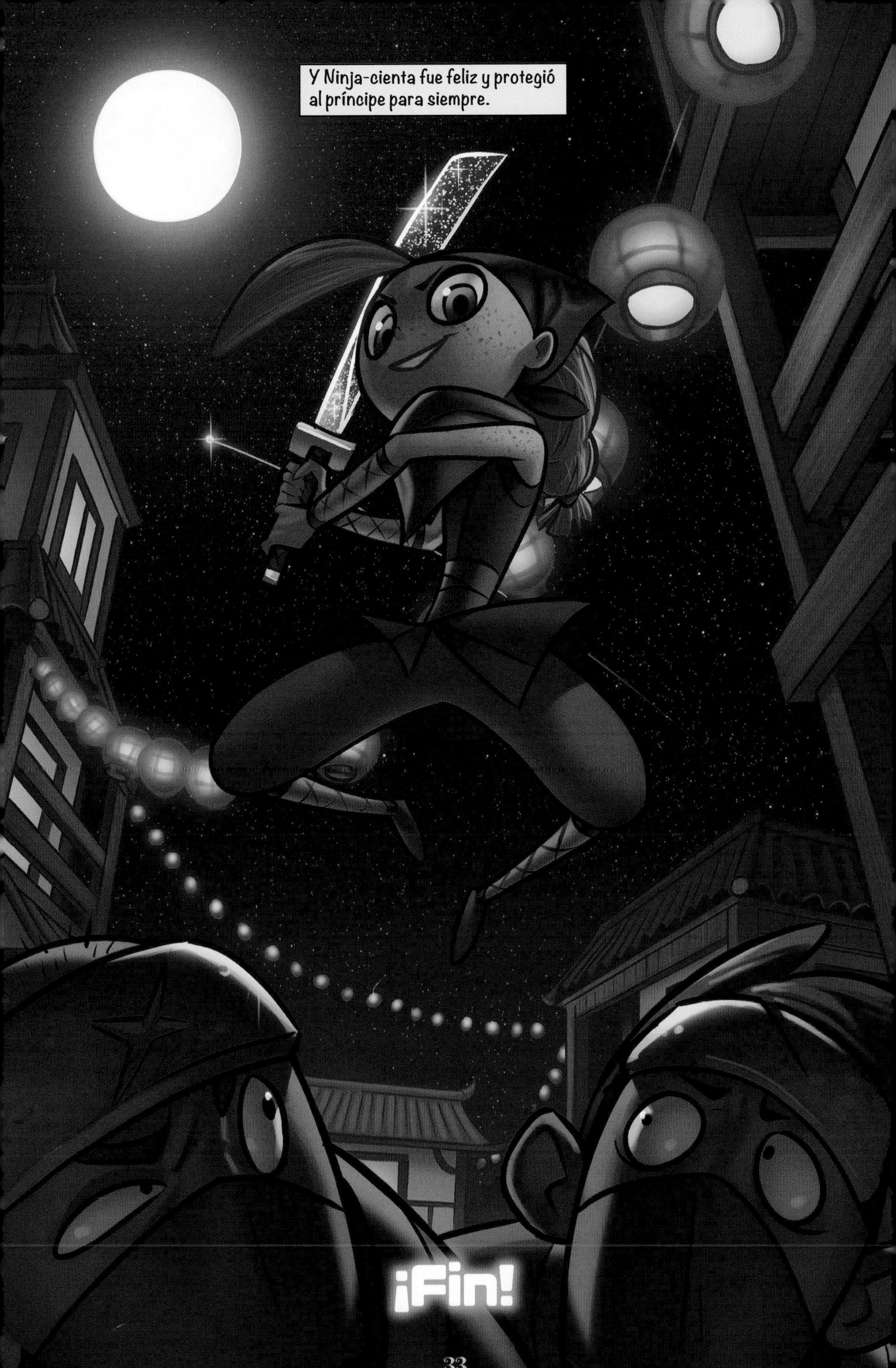
Y Ninja-cienta fue feliz y protegió al príncipe para siempre.
¡Fin!

¡TODO SOBRE EL CUENTO ORIGINAL!

El cuento "Cenicienta" tiene muchos años. La primera versión popular del cuento fue Cenerentola de Giambattista Basile, publicada en 1634. El cuento italiano narra la historia de un príncipe viudo que tenía una hija llamada Zezolla (Cenicienta) que convenció a su padre de que se casara con su cuidadora. Después de la boda, la cuidadora se mudó con seis de sus hijas. Las hermanastras trataban a Zezolla como si fuera su esclava personal y le hacían la vida imposible.

Durante un viaje, el padre de Zezolla conoce a un hada que le da unos regalos para Zezolla: una pala y una cubeta de oro, una servilleta de seda y un arbolito. Zezolla planta el árbol y lo cuida. Un día, aparece el hada entre las ramas. Para agradecer a Zezolla por cuidar su hogar, el hada la viste con ropa y unos zapatos muy elegantes para que pueda ir al baile del rey.

En el baile, el rey se enamora de Zezolla a primera vista, pero ella sale corriendo antes de que el rey descubra quién es. Un sirviente del palacio encuentra el zapato que se le salió a Zezolla. Entonces el rey invita a todas las doncellas del reino para que se prueben el zapato. Cuando Zezolla se acerca, el zapato sale volando de las manos del rey y llega hasta su pie. Se casan y viven felices para siempre.

Charles Perrault escribió una versión del cuento, Cendrillon, en 1697. Incluyó algunos cambios: el hada madrina era mágica, una calabaza se convertía en el carruaje ¡y los zapatos eran de cristal en lugar de tela!

Los cambios de Perrault seguramente hicieron que el cuento fuera más popular. Casi todas las versiones que se han hecho desde entonces, incluida esta, están basadas en esa versión.

¡GUÍA **FUTURISTA** DE LAS ADAPTACIONES DEL CUENTO DE NINJA-CIENTA!

En lugar de querer casarse con el príncipe, Ninja-cienta quiere ser su guardaespaldas.

El hada madrina pasa a ser un hada madrininja, por supuesto.

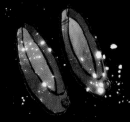 

En lugar de zapatos de cristal, ¡Ninja-cienta tiene una espada katana de cristal!

Y en lugar de un vestido elegante, ¡Ninja-cienta tiene un traje de ninja!

PREGUNTAS VISUALES

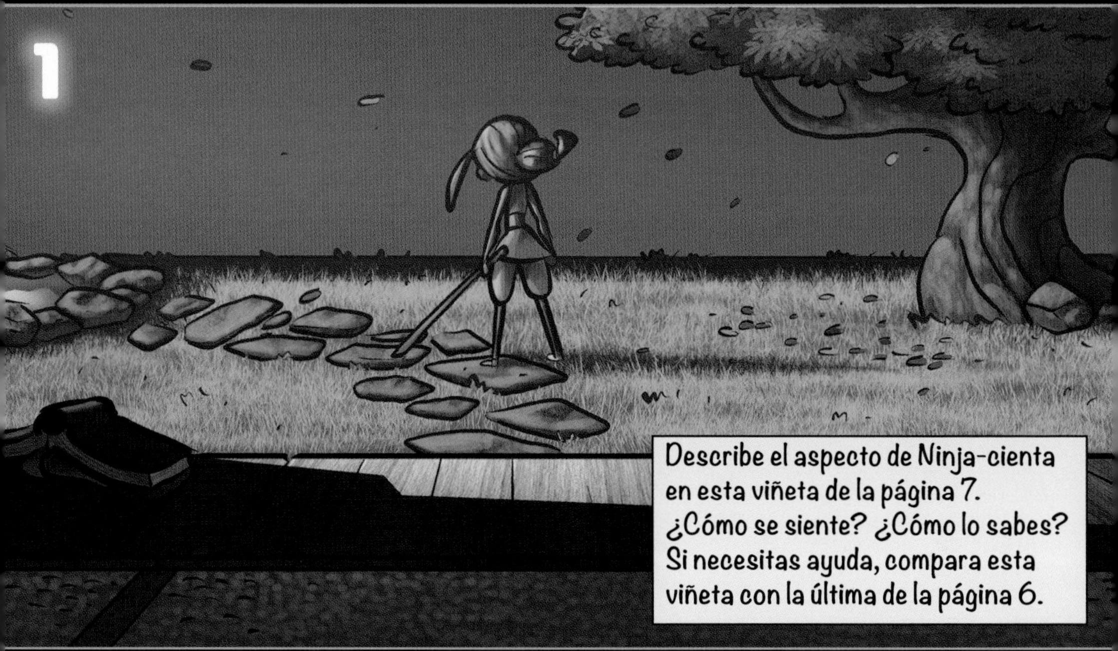

1

Describe el aspecto de Ninja-cienta en esta viñeta de la página 7. ¿Cómo se siente? ¿Cómo lo sabes? Si necesitas ayuda, compara esta viñeta con la última de la página 6.

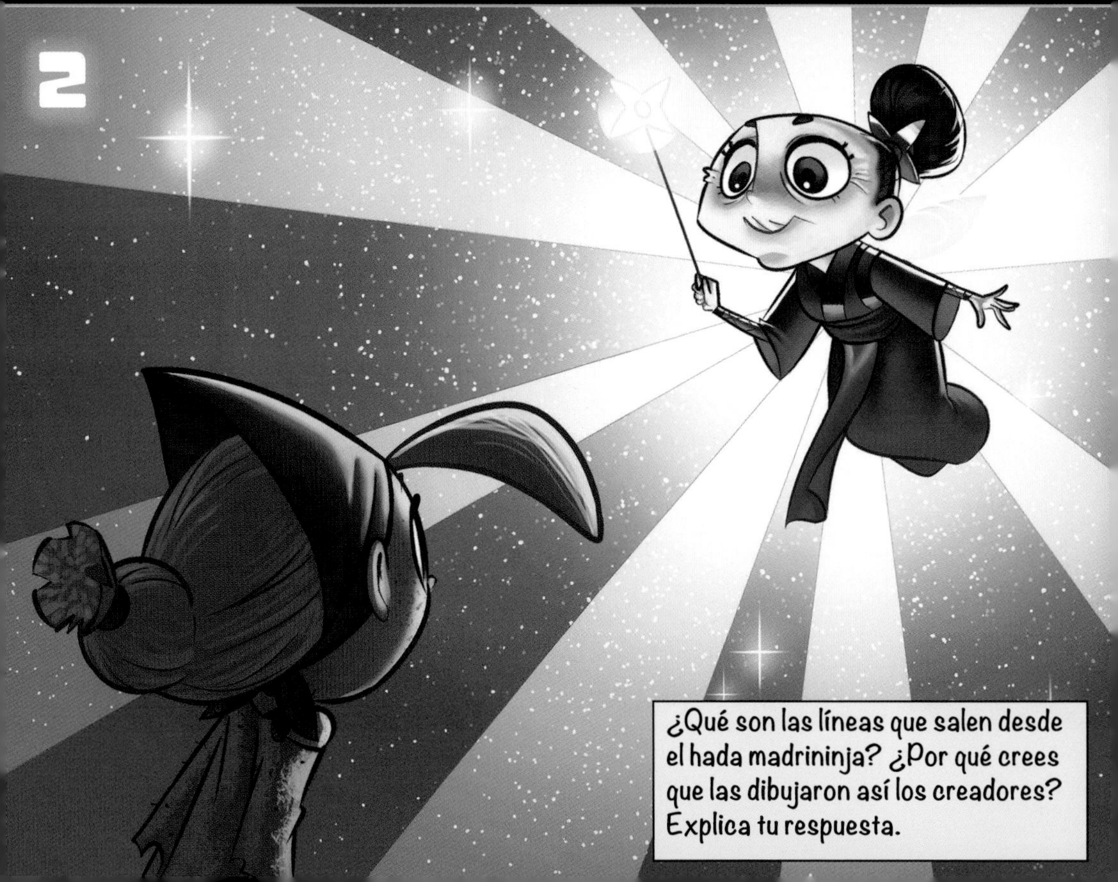

2

¿Qué son las líneas que salen desde el hada madrininja? ¿Por qué crees que las dibujaron así los creadores? Explica tu respuesta.

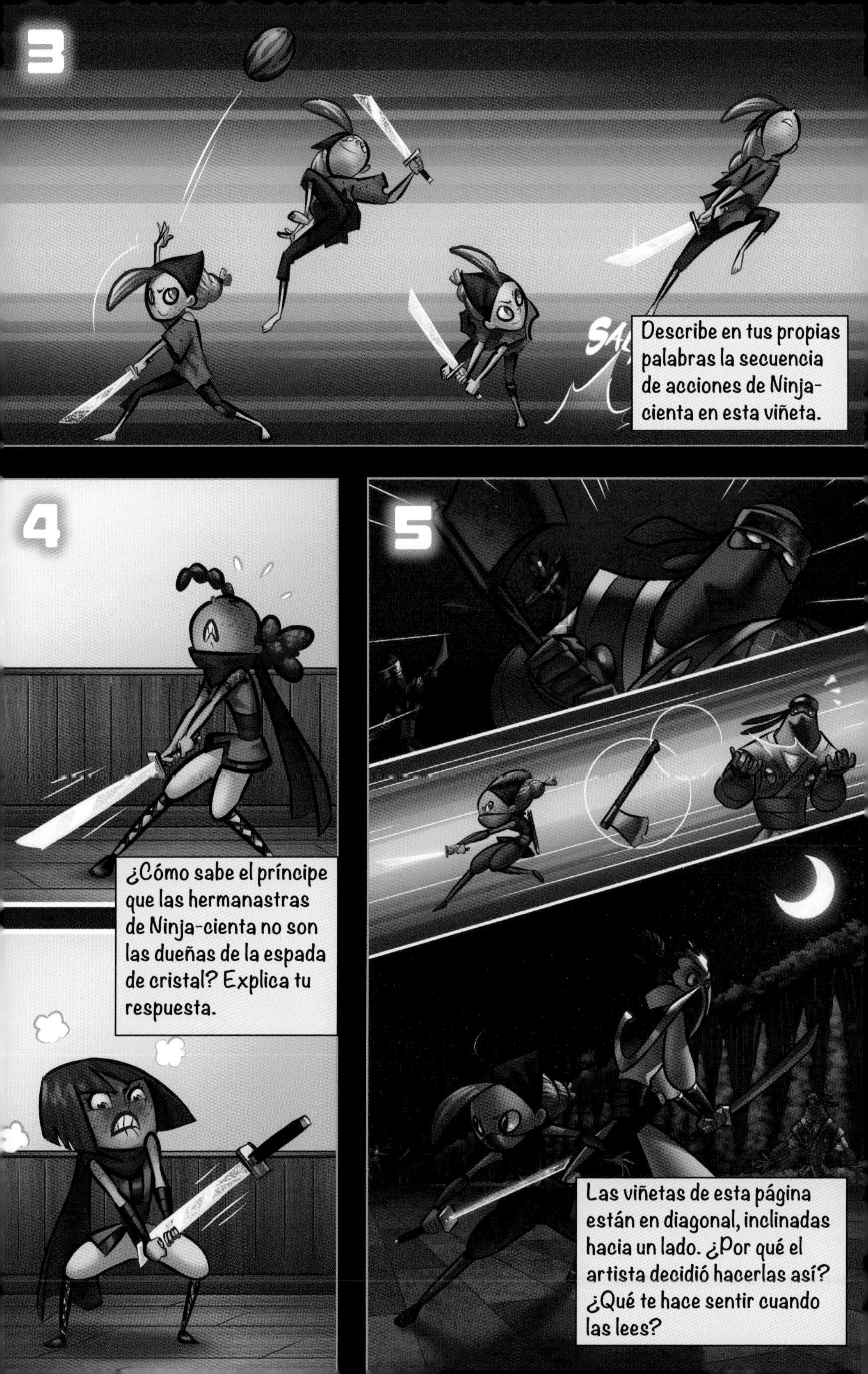
3
Describe en tus propias palabras la secuencia de acciones de Ninja-cienta en esta viñeta.
4
¿Cómo sabe el príncipe que las hermanastras de Ninja-cienta no son las dueñas de la espada de cristal? Explica tu respuesta.
5
Las viñetas de esta página están en diagonal, inclinadas hacia un lado. ¿Por qué el artista decidió hacerlas así? ¿Qué te hace sentir cuando las lees?

AUTOR

¡**Joey Comeau** es escritor! Vive en Toronto, donde escribió Bravest Warriors, una novela gráfica de aventuras espaciales para todas las edades. También escribió la novela de zombis para adultos jóvenes One Bloody Thing After Another, que da bastante miedo.

ILUSTRADOR

Omar Lozano vive en Monterrey, México. Siempre le ha fascinado la ilustración y busca continuamente cosas geniales para dibujar. En su tiempo libre, ve muchas películas, lee libros de fantasía y ciencia ficción, ¡y dibuja! Omar ha trabajado para Marvel, DC, IDW, Capstone y otras editoriales.

GLOSARIO

ajedrez — juego de estrategia de dos jugadores. Cada jugador controla dieciséis piezas en un tablero. El objetivo del juego es capturar al rey del otro jugador.

disfraz — ropa y accesorios para parecer otra cosa o persona

espadachín — persona que maneja bien la espada

guardaespaldas — persona cuyo trabajo es proteger a alguien importante, como una reina o un príncipe

harapos — ropa vieja y en mal estado

hermanastra/o —hija o hijo de tu madrastra o padrastro

inútil — que no sirve para nada o no tiene ningún valor

madrastra — mujer con la que se casa tu padre después de terminar su matrimonio o relación con tu madre. En los cuentos de hadas, a las madrastras se las suele representar injustamente como personas malas y traicioneras.

madrina — mujer que ayuda o es la guardiana de un niño o niña

ninja — persona que practica un arte marcial llamado ninjutsu. Estos guerreros se entrenan para ser sigilosos y atacar rápidamente, sobre todo por la noche.

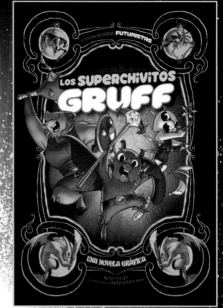

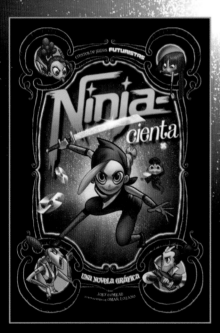

CUENTOS DE HADAS FUTURISTAS
BLANCANIEVES
Y LOS SIETE ROBOTS
UNA NOVELA GRÁFICA

CUENTOS DE HADAS FUTURISTAS
LOS SUPERCHIVITOS
GRUFF
UNA NOVELA GRÁFICA
SEAN TULIEN
FERNANDO CANO

CUENTOS DE HADAS FUTURISTAS
Ninja-
cienta
UNA NOVELA GRÁFICA
JOEY COMEAU
OMAR LOZANO

CUENTOS DE HADAS FUTURISTAS
CAPERUZA ROJA
LA SUPERHEROÍNA
UNA NOVELA GRÁFICA
OTIS FRAMPTON